KB097489

메타버스
장르문학상 수상작품집

메타버스 장르문학상 수상작품집 ①

러브
플레이어스

고즈넉
이엔티

메타버스 장르문학상 수상작품집 1
러브 플레이어스

1쇄 발행 2022년 5월 9일

지은이 이성민, 임종현, 전현규, 조혜린
펴낸이 배선아
편 집 박미애, 유민우, 정수정
디자인 엄인경
펴낸곳 (주)고즈넉이엔티

출판등록 2017년 3월 13일 제2021-000008호
주소 서울특별시 중구 청계천로 40, 1203호
대표전화 02-6269-8166 **팩스** 02-6166-9199
이메일 gozknockent@gozknock.com
홈페이지 www.gozknock.com
블로그 blog.naver.com/gozknock
페이스북 www.facebook.com/gozknock
인스타그램 www.instagram.com/gozknock

ⓒ 이성민·임종현·전현규·조혜린, 2022
ISBN 979-11-6316-309-1   04810
      979-11-6316-308-4   (세트)

표지/내지이미지 Designed by Getty Images Bank, Freepik

차 례

메타버스
장르문학상
수상작품집

러브 플레이어스

조혜린

심사평

메타버스, 생명체 탄생의 공간이 되다

작가의 말

더 나은 세상을 꿈꾸면서 살 수 있는 곳에 우리가 위치했으면

조혜린

2015년 첫 장편 『덧니』로 글빛문학상을 수상하며 작가의 길로 들어섰다.
2019년 「신기루」로 한국영화시나리오 공모전에 입선했고, 2021년 「코드
네임 1944」로 컴투스 글로벌 콘텐츠문학상 최우수상을 수상했다.

젠을 만난 건 나후 섬 클럽 미팅룸이었다. 이곳은 레드석
(石) 세 개가 모여야만 입장이 가능한 하이레벨 플레이어들의
방이다. 젠은 찰랑거리는 붉은색 웨이브 머리칼에 금빛 색깔
의 점프 수트를 입은, 168센티미터 정도의 여성이었다. 방에
입장하기 전 미리 등록해야 하는 MBTI 분석표에 따르면 성격
유형은 ENFP, 프로필 카드에는 호기심이 많은 편이라고 적
혀 있었다.

"안녕."

그녀의 스스럼없는 손짓에 나는 주머니에 넣었던 손을 빼서
어색하게 흔들었다.

"안녕."

"이름이 키츠?"

내 프로필 정보를 이미 파악하고 있을 젠이 형식적으로 물었다. 나는 간단히 고개만 끄덕였다. 그러자 그녀가 가까이 다가와 내 모습을 구석구석 살피다가 피식 웃었다.

"재미있네. 키스를 잘해서 키츠인 건가?"

뜬금없는 말에 나는 입안에 머금고 있던 탄산음료를 조금 뿜었다. 음료가 튀는 바람에 쥐고 있던 조이스틱이 끈적거렸다. 이런 낯 뜨거운 농담을, 만난 지 몇 분 만에 바로 하다니. 역시나 화끈한 성향인가 보군.

"뭐, 못 하는 쪽은 아닐걸."

내가 어깨를 으쓱하자 내 아바타가 같이 거들먹거리는 모양새를 취했다.

"그래? 그럼 바로 한번 확인해봐야겠는데?"

젠의 말에 나는 당혹스러운 마음을 숨기면서 그녀의 프로필 카드를 슬쩍 다시 열어봤다.

젠 히츠. 이곳으로 온 지 육 개월밖에 되지 않는데 벌써 레드석을 세 개나 소유하고 있다. 짧은 시간 동안 세 번의 연애를 거쳤다는 걸로 미루어보아 대단한 매력의 소유자일 수도 있지만 그저 취향이 자주 바뀌는 변덕쟁이일지도 모른다. 확실한 건 낯가림을 하는 쪽은 아니라는 점. 나는 꼿꼿이 허리를 펴고 그녀의 기색을 살폈다. 지금부터는 주어진 두 시간 동안 상대를 잘 탐색해야 한다. 미팅룸에 들어오기 위해 코인을 소비했으니 애프터 데이트 정도는 따내야 비용이 아깝지 않을 것이다.

"뭐, 나야 너만 괜찮다면."

나는 가까이 몸을 붙이는 젠을 마주 보며 으스대듯이 대답했다. 이곳 어스러브(Earth Luv)에서 살아남는 길은 '자신감', 달리 말하면 '허울 좋은 허세'를 장착하는 것뿐이다.

어스러브, 이곳의 유저들은 하루빨리 이 세계 안에서 자신의 소울메이트 또는 평생의 반려자를 찾기를 소망한다. 상대 유저가 실제 여성이든 남성이든, 백인이든 흑인이든 상관없다. 모두가 인상착의를 바탕으로 자신이 원하는 비주얼의 인물을 만들어낼 수 있으니까. 모국어가 달라도 대화는 자유자재로 할 수 있다. 어스러브의 고도로 정밀화된 자동통역 시스템이 상대 유저가 쓰는 언어를 동시에 나의 언어로 변환해주기 때문이다. 물론 이야기를 나눌 때의 자체 음성 변조는 덤이다.

어스러브에 등록된 유저는 지구상에 살아 숨 쉬는 청장년층의 76%에 이르는데, 2033년 전 세계 인구의 삼 분의 일을 휩쓸고 간 오사트 바이러스 이후 신체적 접촉이 제한되고 타인과의 스킨십이 금지되면서 사용자 수가 급격히 늘었다. 이즈음, 창립자 핸릭 클랜턴은 메타버스에 단순한 소셜 데이팅 서비스를 넘어선, 급속도로 바뀐 사회적 분위기를 전복할 수 있을 만한 시스템 접목을 고민했고, 서버에서의 만남뿐 아니라 혼사와 2세 계획을 세우는 것까지 가능한 가상세계를 설계했다.

그 결과 어스러브에 등록된 유저들은 가입 시 자신들이 등록한 유전자 정보와 성향을 바탕으로 2세 AI를 만들어낼 수 있게 됐다. 쉽게 말하면, 양육의 부담 없이 자신과 닮은 인공지능 생명체를 만들어내 후대에도 써먹을 만한 유전자 정보를 서버에 남길 수 있게 된 거다. 덕분에 세상은 이전과 다르게 더 이상 출산에 목매지 않았고, 이곳 어스러브에서 태어나는 2세 AI들은 실제 지구상에서 태어나는 아이들보다 더 많은 숫자를 기록하고 있었다.

"바디슈트는 입고 있겠지?"

"당연하지."

나는 수트의 버튼이 달린 왼쪽 팔뚝을 흔들어 보였다. 바디수트는 상대 유저의 터치를 보다 섬세하게 느낄 수 있는 맞춤복을 뜻한다. 옷의 등급에 따라 쾌락을 느끼는 정도가 다르기 때문에 코인을 많이 보유한 유저일수록 이 바디슈트를 업그레이드하는 데 많은 돈을 들인다.

"가능하다면 머리는 검은색으로 바꾸는 게 어때? 그게 너한테 잘 어울릴 것 같은데."

젠이 팔뚝을 만지자 터치감이 일면서 진동이 느껴졌다.

순간, 실제 사람의 손가락이 닿았다 멀어진 것처럼 온기가 일었다.

"원한다면 그렇게 할게."

나는 제안을 받아들여 서둘러 머리를 검은색으로 변경했다.

"그래, 이제 좀 봐줄 만하네."

그 말을 꺼내놓자마자 젠이 불쑥 입을 맞췄다. 키스가 시작되자 관자놀이에 장착된 시스템에 맞춰 몸이 본격적으로 반응하기 시작했다.

혀의 돌기를 주변으로 타액이 쏟아져 나온다. 끈적거리는 용액은 마치 솜사탕의 설탕가루가 녹아내린 것처럼 달콤 쌉싸름한 맛이 난다. 상대 유저의 타액과 가장 가까운 성분으로 제조된 가짜 타액은 그 촉감과 느낌마저도 꼭 실제를 방불케 하는데, 그 맛을 느낀다고 착각할 뿐 진짜 물질이 나오는 것은 아니다.

젠은 능수능란한 포즈로 나를 리드했다. 그녀가 자연스럽게 팔을 휘감아 뒷덜미를 받쳐준 덕분에 나는 부담스럽지 않게 고개를 꺾어 입술을 포갰다.

그때였다. 흥분이 절정에 다다를 무렵, 낯익은 목소리가 갑자기 귓가를 때렸다.

"성복아, 너 이 폐기물 안 갖다 버리냐?"

제기랄……. 눈을 번쩍 뜨고 떨떠름한 얼굴로 뒤를 돌아보았다. 2층 다락방으로 올라온 어머니가 노크도 없이 방문을 휙 열어젖히는 바람에 황홀했던 키스는 단 삼 분 만에 끝이 났다.

물론 놀란 건 젠도 마찬가지였다. 그녀는 불쾌하다는 표정으로 입술을 다셨다.

"왜 그래, 내 키스가 별로야?"

"아니, 그게 아니라."

"근데?"

"지금 내 방에 누가……."

대답을 하려다 얼른 입을 다물었다. 하마터면 큰일 날 뻔했다. 이곳 클럽 미팅룸의 원칙상 절대로 실제 세계와 관련한 이야기를 꺼내면 안 된다. 그게 어스러브의 암묵적 룰이니까.

"아무튼 지금은 좀 그런데. 급한 일이 생겨서 나가봐야겠어. 괜찮다면 내일 두 시 오하이스 해변가 입구에서 만나는 거 어때?"

애프터 만남을 제안하자 젠은 어쩐지 약간 못마땅한 표정을 지었다.

"글쎄, 난 여길 입장하려고 꽤나 많은 코인을 지불했거든. 네가 나가면 다른 사람을 만나봐야 될 거 같은데?"

젠이 손가락을 까딱거리는 동안 나는 머리를 굴리고 굴려야만 했다. 이렇게 근사한 키스를 해놓고 이대로 관계를 끝낼 순 없다. 얼마 만에 잡은 데이팅 기회란 말인가. 생각해야 한다. 생각해내야만 한다. 절호의 찬스를 잡는 건…… 자신감, 아니 허세!

"그럼 내일 나후 섬에 있는 우리 집에 놀러오든가. 거기 뷰가 꽤 근사하거든."

내가 어깨를 으스대는 포즈를 취하자 젠은 약간 놀랍다는 표정을 지었다.

"섬에 거주하고 있나 봐?"

"당연하지. 나후 섬은 살기가 아주 끝내줘."

내가 거들먹거리는 자세를 취하자 젠이 흥미로운 듯 눈썹을 치켜올렸다.

나후 섬은 어스러브에서도 신혼여행의 명소로 손꼽히는 휴양지다. 마치 지구상의 몰디브를 연상케 하는 천국. 창을 열면 눈앞에 바로 드넓게 펼쳐진 바다가 나타나는 끝내주는 전경을 지닌 데다 원하기만 하면 모든 서버들이 내가 필요한 것들을 가져다주는 최고의 부촌.

이 정도면 꽤나 혹할 만한 조건이지 않을까. 나는 침을 꼴깍 삼키고 말을 이었다.

"집에서 만나면 나도 좀 더 편하게 리드할 수 있을 것 같은데. 어때?"

젠은 고민하는 표정을 짓다가 결정한 듯 고개를 끄덕였다. 그리고 짧게 덧붙였다.

"오케이. 대신 내일은 각오해. 내가 진도가 좀 빠르거든."

바디슈트를 벗자 얼마나 긴장하고 있었는지 이마가 잔뜩 땀에 젖어 있었다.

"방 좀 치워라, 아주 썩은 내가 난다, 썩은 내가."

뒤돌아보니 잔뜩 화난 표정의 엄마가 주택 설계도면 뭉치들을 꼭 움켜쥐고 있었다.

"쓰레기들은 버릴 거면 버리든가 하지, 뭘 이렇게 모아놨어."

엄마는 바닥에 떨어져 있는 구겨진 종이 쪼가리들을 집어들면서 툴툴댔다.

세상에, 쓰레기라니. 하지만 완전히 틀린 말은 아니었다. 어스러브에서의 출산율이 나날이 치솟는 중이라면 지구상에서의 출산율은 나날이 바닥을 치는 중이었으니까.

더 이상 이 지구에서 주택이나 아파트와 같은 거주지에 대해 걱정하는 사람은 없다. 바이러스 출몰 이후 1인 가구가 급속도로 불어난 탓에 세상은 그 전과 완전히 달라졌다. 땅값이 떨어졌고 사람들은 거주 공간에 별로 투자를 하지 않는다. 그러다 보니 리모델링이라거나 건축물 인테리어 따위로는 먹고 살 수가 없다.

그렇지만 여기서 나의 어머니, 우리 이옥선 여사가 간과한 사실이 하나 있다. 바로 엄마의 손에 들려 있는 저 설계도면이 지구용이 아니라는 것.

저건 빌어먹을 현실 세상 속의 아파트나 주택을 위한 게 아니다. 어스러브 안에서의 허니문 하우스를 위한 것이지.

나는 엄마가 손에 쥐고 흔드는 도면 뭉치를 낚아채며 신경질적으로 소리쳤다.

"어휴, 이게 다 돈이라고 몇 번을 말씀드립니까, 어머님."

"돈은 무슨! 허구한 날 게임에 빠져서 시간만 낭비하고, 그놈의 지구사랑인지 뭔지, 그것 때문에 젊은 애들이 하라는 일은 안 하고 퍼질러 앉아만 있잖아."

"이 녀석들 없었으면 진즉에 파산했어요. 우리가 입에 풀칠하고 사는 게 다 누구 덕분인데요."

그러자 아니나 다를까, 엄마의 눈꼬리가 매섭게 올라갔다.

"뭐? 나더러 지금 네 덕에 근근이 먹고사는 걸 감사하게 여기라는 거냐?"

나는 고개를 절레절레 내저으며 냉장고에서 바나나를 꺼냈다. 그리고 껍질을 벗겨내 한입 가득 베어 문 채 우물거리며 대답했다.

"그게 아니라…… 어머니가 말씀하시는 이 쓰레기 같은 것들이 우리 배를 채워준다고요."

어스러브에서 모은 코인은 평범한 사이버머니가 아니다. 코인을 지자체 환전소에 등록하면 현실에서 식자재를 주문할 수 있는 진짜 돈으로 바꿀 수 있다.

하지만 같은 설명을 몇 번씩 해봤자 썩 소용은 없다.

이제 일흔을 앞둔 사람한테 '어스러브'라는 생태계는 그 옛 날 PC방에서 죽치고 앉아 하는 게임 정도의 개념일 테니까 말 이다.

엄마는 입만 열면 어스러브를 깎아내리기 바빴다. 곧 신약 도 개발된다던데 왜들 이러는 거냐. 곧 다시 서로 손 붙잡고 다닐 세상이 오지 않겠냐. 추잡하게 왜 그런 데서 그 짓거리를 해대는지 모르겠다. 행여 오늘처럼 방문을 잠그지 않은 채 어 스러브를 하다 발각되기라도 하면 여지없이 폭풍 같은 잔소리 가 뒤따랐다.

"네가 한결이랑 그렇게 갈라서지만 않았어도 엄만 걱정 안 한다. 근데 나이가 마흔 줄을 한참 넘어서도 그렇게 홀아비 냄 새를 풀풀 풍기고 있으니 이 애미 맘이 편하겠니?"

잊을 만하면 퍼부어대는 프로필 공격. 귀에 딱지가 앉을 만 큼 들은 이야기지만 그럴 때마다 기분이 다운되는 건 어쩔 수 없다.

"요즘 세상에 누가 바깥세상에서 사람을 만나요. 결혼도 안 하는 마당에 재혼은 꿈도 꾸지 마세요."

"그러니까 말세라는 거잖니, 지금!"

고막이 찢어질 듯한 고함에 나는 고개를 내저으며 방문을 쾅 닫았다. 마흔 넘어서까지 이런 잔소리를 들으며 지내야 하다 니. 하여간에 이놈의 인생도 어지간히 볼품없구나.

자리에 앉으니 허탈한 감정이 밀려왔다. 책상은 지저분했고 바닥에는 엊그제부터 먹은 음식들의 플라스틱 용기들이 너저분했다. 자리를 정돈하기 위해 일어서다가 방에 붙은 전신 거울을 보고 한숨을 토해냈다. 전에 비해 두툼해진 옆구리의 살집과 추레한 옷차림. 며칠은 안 씻은 듯 떡 진 머리와 거북목. 그래, 부인하고 싶지만 실은 이게 작금의 내 모습이다.

이름 윤성복. 국적 대한민국. 키 173센티미터. ISTP. 성별 남자(어쩌면 이젠 테스토스테론보다 에스트로겐이 더 많이 분비되고 있을지도 모르지만), 나이 마흔일곱.

어스러브에서의 키츠가 삼십 대 초반의 외모에 키가 184센티미터인 잘나가는 건축 디자이너라면 현실 세계에서의 윤성복은 내일 모레 쉰을 바라보는 돌싱남일 뿐이다. 아, 그런데 어떻게 과거에는 결혼이라는 것에 골인할 수 있었냐고? 그렇게 신기해할 것 없다. 긴 인생을 돌이켜보면 각자 저마다의 리즈 시절이라는 게 존재할 수도 있지 않겠나.

그러니까…… 그것도 벌써 햇수로 십사 년이나 지난 이야기다.

한결을 처음 만난 건 당시 근무하고 있던 리모델링 건축사무소에서였다. 부모님과 함께 살 집 하나를 어렵게 마련했는데 연식이 오래되어 수리가 필요한 상황이라고 했다. 식구는 연로한 홀어머니와 둘째 여동생 그리고 여덟 살 말티즈 강아지 한 마리. 이십 대 젊은 사람이 알뜰살뜰 모은 돈으로 보금자리를 마련한다는 것이 어쩐지 그 나이 또래답지 않게 성숙해 보였다. 무엇보다 작은 체구였지만 말 한마디 한마디 또박또박 왜곡되지 않게 전달하려는 태도가 꽤 인상적이었는데, 행여나 내가 인테리어에 필요한 목공용 자재를 공짜로 제공하기라도 하면 손사래치는 모양새가 퍽 귀여웠다.

"괜찮아요, 실장님. 이런 거 안 주셔도 돼요."

"그냥 좀 받으면 안 돼요?"

"자꾸 서비스를 주시면 어떡해요. 죄송하게."

"죄송할 게 뭐가 있어요. 제가 드리고 싶어서 드리는 건데."

고맙다는 말보다 괜찮다는 말이 익숙하고, 받는 것보다 주는 것이 더 편한 사람. 길지 않은 만남이었음에도 한결이 그런 사람이란 건 금방 알아챌 수 있었다.

더불어 몇 주 동안 작업을 함께 하면서 알게 된 사실은 한결이 자주 긴장한다는 거였다. 한결은 습관처럼 입술을 깨무는 데다 피부가 벗겨질 때까지 손톱을 물어뜯는 버릇이 있었는데 그 모습이 안쓰러워 자꾸만 눈길이 갔다. 게다가 자신은 끼니를 거르면서도 주변 사람들을 챙기는 모습이 젊은 사람 답지 않게 배려심이 있다는 인상을 받았다.

하루는 시공 관련 상담을 핑계로 먼저 그녀에게 식사 자리를 권한 날이었다. 아직 문을 닫지 않은 근처 유일한 설렁탕집에 들어가 국밥을 시켜놓고 마주 앉으니 괜히 멋쩍었다.

"어때요, 좀 괜찮은 거 같아요?"

불쑥 묻자 한결은 놀라 되물었다.

"뭐가요?"

"집이요. 원하시는 것처럼 되고 있는 건가 해서……. 저도 이번에 처음 맡은 메인 프로젝트라 잘하고 싶거든요."

"아…… 네, 실장님께서 워낙 꼼꼼하게 이것저것 잘 챙겨주셔서요."

또 상처가 난 손톱을 만지작거리고 있었다. 잠시 그녀의 손톱에 시선을 두던 내가 가방 안에서 밴드 하나를 꺼냈다.

"자꾸 만지지 마세요. 독 올라요."

한결은 머뭇거리다가 밴드를 받았다.

"아픈 데 자꾸 만지면 낫는 게 아니라 덧나요. 상처는 그대로 좀 내버려둘 필요가 있어요."

추운 데 있다가 들어와서 그런가, 한결의 뺨에 발그레한 홍조가 맴돌았고, 잠시 후 그녀가 작은 목소리로 말했다.

"따듯한 집을 만들고 싶었거든요. 근데 그렇게 될 거 같아요, 실장님 덕분에."

우리는 그렇게 만났다. 평범하게 시작해 생각보다 더 순탄하게 가정을 이뤘다. 아내가 표현에 적극적인 편은 아니었지만 나를 위하는 마음만큼은 부족하지 않게 느낄 수 있었다. 항상 내가 하는 일을 응원해주고, 내 말에 진심으로 대해주면서 진정이 담긴 눈빛을 보내주었으니까. 살림을 합치자 자연스럽게 미래를 함께할 새 식구도 바라게 되었다. 더도 말고 덜도 말고 딱 하나만. 딸이든 아들이든 아이가 생기면 한번 잘 키워보자고 서로를 다독이면서 가족계획을 세웠다. 딸이면 당신을 닮는 편이 좋겠네, 아니 아들이면 당신을 닮은 게 낫지 않겠어, 같은 이야기를 주고받으면서 들뜬 날을 보냈다.

그러나 마냥 꿈에 부풀어 있을 줄로만 알았던 앞날에 대한 환상이 깨진 건 한순간이었다.

"악성 종양처럼 보입니다. 검사를 받으셔서 바로 치료를 시작하셔야겠습니다."

임신을 준비하던 중 한결은 갑작스럽게 난소암 2기 판정을 받았다. 청천벽력 같은 진단 앞에서 우리는 서로 눈빛만 주고받을 뿐 아무런 말도 하지 못했다. 괜찮을 테니까 걱정하지 말라는 그 평범한 말이 입 밖으로 나오지 않았다. 의사는 한결이 자궁을 절개해야 할지도 모른다고 했다. 그것만큼은 되도록 피하고 싶었지만 2차 MRI 검사 결과를 확인한 다음에는 더 나은 선택이 없었다.

"뭐…… 아이는 없어도 되잖아. 있으면 좋겠다, 싶었던 거지."

밤마다 미동 없이 누워 벽만 바라보는 아내한테, 내가 할 수 있는 건 으레 하는 그런 위로의 말뿐이었다.

"걱정하지 마. 여태 잘 살아왔듯이 앞으로도 잘 살 수 있어."

그러자 정적 끝에 등을 돌리고 있던 한결이 입을 열었다.

"그래도…… 원했던 거잖아. 우리가."

"……."

"한 번 마음을 품으면 그 마음을 품었던 자리에 자국이 생겨. 흔적은 잘 지워지지 않는다고."

아내는 수술 이후 부쩍 힘들어했다. 말수는 더욱 줄었고, 간간이 무언가를 빼먹거나 까먹는 일도 잦아졌다. 이전과는 비교도 되지 않을 정도로 어두워진 모습에 항우울제를 복용해야 하는 날도 있었다.

그리고 그즈음, 엎친 데 덮친 격으로 전 세계에 치명적인 바이러스인 오사트가 창궐했다.

한층 더 높아진 치사율로 인해 접촉을 최소화하는 방침에 따라 사람들은 대면 만남을 일체 피했다. 대화나 스킨십을 하는 것은 매너 없는 행동으로 지탄받는 분위기가 팽배했고, 사람들은 간단한 대화도 메신저를 통해서만 나눴다. 87%라는 높은 치사율에 인구는 반 토막이 났으며, 가벼운 입맞춤이나 포옹마저도 없어진 무미건조한 관계 속에서 인간은 기본적인 의식주에만 매달렸다. 밥을 먹었고 잠을 잤다. 그저 각자의 침대에 누워 힘겹게 호흡만 했다. 온기를 가진 말 한마디 없이 냉

랭하게 흘러가는 시간이 늘면서 밤마다 중얼거리는 한결의 혼 잣말도 함께 늘었다.

"종말이야, 우린 다 죽을 거야……."

신경쇠약 증상을 보이던 아내는 결국 장기입원치료센터에 맡겨졌다. 일 년 동안 항우울제와 호르몬제를 복용했지만 소용이 없었다. 우울증을 극복하지 못하고 의사로부터 불안장애를 진단받은 그녀는 얼마 지나지 않아 먼저 이혼서류를 내밀었다.

"쉬어야겠어. 그냥 다 접고 쉬고 싶어."

그리고 이혼서류에 도장을 찍던 날 차가운 얼굴로 이렇게 말했다.

"근데 이상하지? 아예 혼자 있는 게 함께 있는 것보다 덜 외롭더라?"

"……."

"난 걱정하지 마, 성복 씨. 전보다 훨씬 자유로워진 기분이니까."

시스템을 재부팅하기까지는 시간이 조금 걸렸다. 젠을 초대하려면 먼저 집부터 청소하고 내부 인테리어를 더 손봐야 할 것 같았다. 서버 리부팅을 기다리자 나는 아까 들어갔던 클럽 건물 입구 밖에 서 있었다. 아마도 미팅 시간이 다해서 강제 퇴장 처리가 된 모양이었다.

건물 1층 야외주차장에 세워둔 나인식스 SUV 차량에 올라타 시동을 걸었다. 집으로 가는 길까지는 약 삼십 분. 옥색 빛깔의 화우 해변을 끼고 달리는 드라이빙은 언제나 흥분된다.

"헤이, 키츠!"

차창을 내리고 녹색 신호를 기다리는데, 아는 목소리가 들렸다. 옆으로 돌아보니, 스포츠카를 탄 이웃 주민 세넷이었다. 덩치가 웬만한 사람 1.5배에 달하는 백인 모습의 세넷은 근육질 몸매에 화끈한 성격으로, 레드석을 무려 스무 개 정도 보유한 카사노바 유저다.

"어이, 세넷! 머리 스타일 바꿨네? 머리에 새긴 글자는 무슨 뜻이야?"

내가 묻자 그는 마치 물어봐주기를 기다렸다는 듯 호탕하게 웃으며 대꾸했다.

"지구가 종말해도 나는 죽지 않아! 그리고 내 딕(Dick)도 죽지 않지!"

세상에 저 자신을 저렇게 사랑하는 사람이 있다니. 세넷답군. 나는 피식 웃으면서 물었다.

"대체 어느 나라 말이야?"

"아랍어다."

아랍어라고? 중동 지역 플레이어인 건가? 절로 고개가 갸우뚱해졌다. 평소 유머 코드가 조금 다르긴 하지만 그럭저럭 대화의 결이 맞아 비슷한 문화권인 줄 알았는데. 게다가 토브나 히잡을 입은 세넷의 모습은 머릿속에 그려지지 않았다.

예상치 못한 대구에 멍해 있는 사이, 세넷이 쑤욱 창밖으로 고개를 길게 내밀며 물었다.

"그나저나 그거 봤어?"

"뭐?"

"어스러브에서 만들어진 2세대 유저."

"2세대 유저?"

"어스베이비라고 부르던데. 어제가 탄신일이었대. 한번 봐봐."

세넷이 3D 그래픽 이미지 뉴스를 이쪽으로 전송하자, 차량에 부착된 모니터에서 갓 태어난 신생아의 탯줄이 잘려나가는 장면이 떠올랐다.

"오 마이 갓. 이게 도대체 뭐야?"

"와, 키츠! 지루한 사람인 건 알고 있었지만 그래도 세상 소식은 좀 접하면서 살라고."

"뉴스?"

"그래, 드디어 이 세넷 님의 위대한 정자를 써먹을 수 있는 날이 오게 되었다 이 말이야!"

세넷은 저 멀리 아이스트로 고층 건물의 광고판에 붙은 뉴스 헤드라인을 가리켰다. 거대한 화면 가득히 응애, 울음소리를 내고 있는 건 분명 아기였다. 근 오 년 동안 보지 못했던 진짜 사람의 아기. AI로만 존재하는 2세대가 아닌, 실제 세계에서도 실존하는 인간의 후손 말이다.

아기는 흑인과 백인 인종이 섞인 혼혈인 것 같았다.

"대체 어떻게 태어났단 거야?"

그러자 세넷은 뉴스가 나오는 화면을 손가락으로 가리켰다. 나는 AI 앵커의 목소리를 듣기 위해 볼륨을 조금 더 키웠다.

"올해 처음 태어난 어스러브의 어스베이비는 실제 유저들의 정자와 난자를 기증받아 인공 자궁에서 만들어진 최초의 인류 2세대로, 창립자 핸릭 클랜턴은 오사트 이후 급속도로 줄어든 지구상의 인류를 대체할 수 있도록 이들이 제대로 된 플레이어로 성장할 수 있는 양육 환경을 마련할 계획이라고 밝혔습니다……."

요약하면 어스러브 시스템이 유저들의 아이를 대신 만들어주고 대신 길러주기까지 한다는 내용이었다.

어스베이비의 부모가 할 일은 간단했다. 첫째, 아이의 양육을 위한 양육비를 어스러브에게 지급할 것. 둘째, 실제 자신의 아이가 인지발달능력을 갖추고 시스템에 접속할 상태에 이르면 그때부터 온라인 가정교육을 시작할 것. 그리고 마지막으로 아이가 어느 정도 외부 환경에 노출되어도 될 만한 면역력을 갖추었을 때부터는 독립된 경제적, 사회적 활동을 할 수 있도록 인도할 것.

이 조건들이 갖춰지면 모든 유저들이 상대 파트너를 찾아 어스베이비를 만들 수 있는 셈이었다.

"그럼 지금의 AI 2세대는? 설마 NPC*같이 되어버리는 건 아니겠지?"

잠자코 듣고 있던 세넷이 어깨를 으쓱하며 말했다.

"모르지. 어차피 걔네는 서버 속에만 존재하던 아이들이잖아. 유저들의 유전적인 정보를 기록하기 위해서 만들어진 아이들. 유저가 이 세계 밖으로 영원히 로그아웃해버리면 고아가 될 불쌍한 녀석들이었다고. 그리고 키츠, 깜빡했나 본데 이 세상엔 무정자증도 있고 게이, 레즈비언들도 많아. 원한다고 모두가 베이비를 만들어낼 수 있는 건 아닐 텐데?"

그리고 그는 황급히 덧붙였다.

"오, 만약 키츠 네가 게이나 레즈비언이라면 기분 나빠 하지 마. 난 그저 이 지독한 세상에 새 생명을 탄생시키는 일이 어렵다는 걸 말한 것뿐이니까."

나는 이해했다는 걸 알리기 위해 가볍게 고개를 끄덕였다. 세넷은 신호가 바뀌자마자 덩치에 맞지 않는 깜찍한 윙크를 날리곤 사라졌다. 부연 연기를 일으키며 저 멀리.

---

*게임 안에서 플레이어가 직접 조종할 수 없는 캐릭터. 플레이어에게 퀘스트 등 다양한 콘텐츠를 제공하는 도우미 캐릭터다.

나후 섬 해안도로 끝에 위치한 집에 돌아오자마자 복잡한 머리를 정돈하기 위해 먼저 청소부터 시작했다. 이곳저곳 보이는 대로 먼지를 털어내고 가구 위치를 조정하니 적어도 급변하는 세상 속에서 혼자만 뒤처졌다는 침울한 기분만은 떨쳐낼 수 있었다. 말도 안 돼, 진짜 사람의 아기라니. 그렇게 쉽게 아이를 만들 수 있는 시대가 되었다니. 믿기지도 않았지만 믿고 싶지도 않았다.

자리를 옮겨서 거실에 놓인 리모콘을 들었다. 이왕 정돈을 한 김에 실내 벽지도 바꿀 생각이었다. 깔끔한 화이트 톤의 타일은 고급스러움을 강조할 수 있지만 차가워 보인다. 반면 노란 해바라기가 그려진 포인트 벽지는 따뜻하고 정감 있어 보이지만 어딘가 촌스럽다. 고민 끝에 나는 세련된 느낌의 블루 포인트 벽지를 이용해 미디어 월을 꾸몄다.

젠이 이 집을 보면 어떤 기분일까. 발코니 문을 열면 바로 나타나는 앞마당의 환상적인 오션 뷰도, 뒷마당의 세로로 길게 난 수영장도 환상적인 데이트에 안성맞춤인 공간이다. 이런 집을 보고 설마 실망하지는 않겠지? 그러고 보니 미팅룸에서 만난 파트너를 숙박시설이 아닌 집으로 초대한 건 이번이 처음이었다. 만난 지 겨우 이틀 만에 사적인 공간을 보여주게 될 줄이야. 이건 생각지 못한 변수다.

다음으로는 냉장고 쪽으로 다가가 장바구니 기능을 켰다. 알

코올 퀵 서비스. 여러 드링크타워 입점 업체 중 마티니로 제일 가는 곳은 단연 유저 평점 4.9점인 케헤이펍이다. 해당 업체는 전 세계 어디서나 주문이 가능한 데다 음료뿐 아니라 안주거리도 고급스러워서 첫 데이트 날에 자주 찾는다. 만약 젠이 동굴과 같이 세상과 차단된 지역에서 서버 접속을 한 게 아니라면 내가 음식을 받는 시간과 비슷한 때에 식음료를 배송받을 것이다. 그럼 같은 음식을 먹으면서 같이 데이트를 마무리할 수 있겠지.

준비를 마치자 피로감이 몰려왔다. 시계를 보니 어느덧 자정에 가까워진 시간이었다. 나는 시스템 장치를 떼어내며 무거워진 몸을 침대에 누이고 잠을 청했다. 그러자 눈꺼풀이 묵직해지면서 자동으로 서버에서 로그아웃되었다.

젠은 이튿날 노을이 질 무렵에야 나타났다. 바이크가 요란하게 울리는 소리에 대문을 열고 나가보니, 그녀가 레인보우 색으로 칠해진 모터사이클에서 내리고 있었다.

헬멧을 벗은 젠을 본 나는 놀란 표정을 숨기지 못했다. 전날에 비해 톤 다운 된 검은색 머리가 확실히 다른 인상이었다. 이번에는 노란색 새틴 오프숄더 블라우스에 가죽바지를 착용한 상태였는데 근래에 본 아바타 중 제일 화려했다.

"왔어? 헤매진 않았지?"

내가 묻자, 젠이 웃으며 헬멧을 손잡이에 걸었다.

"센스 있게 주소지를 쪽지로 보내놨더라. 듣던 대로 경관이 좋네."

"맘에 든다니 다행이야."

"맘에 들어."

"그럼 내 작은 궁전에 온 걸 환영해. 들어오시지요."

허리를 굽혀 문을 열자 젠은 눈썹을 치켜세웠다.

"생각보다 더 근사한걸. 넓은 풀장도 있고."

"안에 있는 타일도 다 직접 디자인한 거야. 내가 하나하나 손본 거거든."

"디자이너야?"

"그런 셈이지. 다만 옷은 아니고 건축물 쪽."

"그래? 나도 그쪽이라면 일가견이 좀 있는데."

그러고는 물이 채워진 풀장을 보며 아쉬운 듯 중얼댔다.

"이럴 줄 알았으면 수영복을 챙길 걸 그랬다."

"수영복은 왜?"

"수영하려고."

젠의 아쉬워하는 목소리에 나는 씨익 미소 지었다.

"뭐 꼭 옷을 입고 수영을 할 필욘 없잖아? 그 옷, 벗기도 쉬워 보이는데. 원한다면 내가 도와줄 수도 있고."

입 밖으로 튀어나온 능청스러운 멘트에 머리가 쭈뼛 섰다.

이런 과감한 멘트를 내뱉어본 게 얼마 만인가. 아니, 실제 세계였다면 평생 시도조차 못했을 말이다. 혹시라도 기분이 상했으면 어쩌지. 내심 가슴이 졸아드는데 서슴없이 다가온 젠이 나의 목에 팔을 두르며 입술을 부딪쳤다. 이번에는 지난번보다 조금 더 딥한 프렌치 키스였다. 머릿속에서 환호성과 함께 폭죽이 터지면서 엔도르핀이 돌기 시작했다. 나는 서둘러 바디슈트에 몸을 맡긴 채 그녀가 이끄는 대로 템포를 맞췄다.

귓가에 젠의 숨소리가 뜨거워지면서 눈앞이 부옇게 흐려졌다. 엎치락뒤치락 누가 이길지 알 수 없는 게임을 하는 기분으로 몇 번이나 뒤엉켰다 풀어지기를 반복하고 나니 허기가 졌다. 슬쩍 창밖을 보자 어느새 날이 어둑해져 있었다. 시계를 확인했다. 마침 퀵 서비스가 도착할 즈음이었다.

"뭘 좋아할지 몰라서 좀 여러 개를 주문했는데. 물건은 받았어?"

"버팔로 윙과 으깬 포테이토, 치즈와 마티니. 어울리는 듯 어울리지 않는 조합이네. 우리처럼."

막 닭날개를 입에 욱여넣으려다 멈칫했다.

"우리 정도면 꽤 잘 맞는 짝이라고 생각하는데. 아니야?"

"글쎄, 나는 몸을 믿지 않아서."

"무슨 소리야. 몸은 마음을 따라가는 거지."

"뭐라고?"

젠의 입에서 비웃음이 흘러나온 건 그때였다. 노골적인 태도에 나도 모르게 인상이 찌푸려졌다.

"방금 그 웃음은 뭐야?"

"와우, 키츠. 방금 네 말만 듣고도 네가 네 아바타처럼 진짜 남자라는 것쯤은 알겠다."

당황한 나머지 하마터면 사레가 들릴 뻔했지만 나는 간신히 태연한 척 받아쳤다.

"서로의 신상을 터는 건 매너가 아니라고 배웠는데. 아닌가? 스무고개는 정중히 사양할게."

"부인할수록 확실해지는걸?"

집요하게 캐묻는 눈빛이었다. 나는 입술을 길쭉하게 찢으며 어색한 미소를 지어 보였다. 그러자 젠은 가까이 다가와 은밀하게 속삭였다.

"원한다면 나도 비밀 하나를 말해주고."

"뭔데?"

"나도 남자야."

그 이야기를 듣는 순간, 손에서 버팔로윙이 떨어졌다.

지져스……. 굳이 그런 사정까지 알고 싶지는 않았는데. 그것도 세상 오랜만에 황홀한 몸의 대화를 끝낸 직후에 말이다. 내 얼굴이 구겨지는 걸 보았는지 젠은 더 이상 웃지 않았다. 웃음기가 걷힌 얼굴은 어딘가 싸늘해 보였다.

"놀라기는. 그런 일은 이 세계에서 비일비재할 텐데."

"뭐, 그야 그렇겠지. 하지만 굳이 이런 사적인 정보를 알아야 될 필요도 없잖아? 어차피 우린 이 안에서 즐기기만 하면 되는 거니까."

그러자 젠은 못마땅한 표정을 지었다.

"진심이야?"

"뭐가?"

"즐기기만 하면 된다는 거."

"같은 생각인 줄 알았는데…… 아니었나?"

"그럼 키츠 넌 어스러브에서 소울메이트나 동반자를 찾을 생각은 없는 거야?"

예상치 못한 질문이라 말문이 막혔다. 잠깐만. 상대는 무려 레드석을 세 개나 수집한 프로커넥터다. 그런데 이런 질문을 한다고? 이런 멘트는 사십 평생 대한민국에서만 지낸 토박이 유교남 윤성복이나 던질 법한 멘트 아닌가?

"말해줘. 어떤 마음으로 클럽 룸에 들어왔는지. 그냥 정말 즐기기 위해서였어?"

윽박지르는 말투에 나는 한 발짝 뒤로 물러섰다.

"그건 아니지만……."

"키츠 너라면 어쩐지 함께 2세에 대해 생각해볼 사람인 것 같은 느낌이 들었는데."

"무, 물론 그런 것도 없진 않지만……."

"내가 잘못 짚은 건가?"

갑자기 머릿속이 몹시 혼란스러워졌다. 물어보지도 않았는데 먼저 자신의 실제 성별을 밝히더니, 이제는 2세 계획에 대해 얼마나 진심인지 알려달라고? 설마 내가 AI를 함께 만들어낼 만한 게이인지 확인해보려는 속셈인가?

아니, 그나저나 내가 왜 이곳 어스러브에서 굳이 성정체성을 밝혀야 하는 거지?

떨떠름한 얼굴로 듣고 있던 나는 마지못해 입을 열었다.

"저기 젠, 내가 왜 이런 걸 벌써부터 해명하듯 말해야 하는지 모르겠지만, 물론 진심이었어. 그리고 이 만남도 진심이야. 네 성별을 굳이 알 필요도 없었지만, 안다고 하더라도 내가 상상력을 조금만 낮추면 조금 더 만나볼 순 있을 거 같아. 근데 지금 네가 나한테 무슨 의도가 있어서 이런 검증을 하는지는 이유를 좀 설명해줘야……."

빨갛게 상기된 얼굴로 더듬더듬 말을 늘어놓자 젠은 잠시 나를 빤히 보더니 와하하, 웃음을 터뜨렸다. 이게 무슨 상황인가 싶어 황당한 표정으로 있는데, 젠이 웃음이 터져 나온 눈물을 닦으며 고개를 들었다.

"미안, 미안. 한번 떠본 건데 진지해졌네. 나 사실 여자야."

"뭐?"

"기분 상했다면 미안. 하지만 생물학적인 확인이 필요했어. 만약 네가 게이라면 지금 내가 하려는 제안이 좀 실례가 될 수도 있을 거 같아서."

"제안?"

젠은 고개를 끄덕였다. 그러고는 차분한 얼굴로 말을 이었다.

"나는 이 안에서 함께 어스베이비를 만들고 키울 수 있는 상대를 찾고 있어. 그래서 직설적으로 말하면 생물학적 남성의 정자가 필요한 상황이고."

그러니까 젠의 계획은 이러했다. 먼저 어스베이비를 낳을 수 있는 조건을 갖춘 남성 유저를 찾아낼 것. 그다음 동거를 시작해 함께 육 개월의 시간을 보낼 것. 만일 육 개월 동안 생활해 본 뒤에도 서로에 대한 마음이 온전하고 굳건하다면 젠은 기꺼이 파트너와 함께 어스러브에서 혼인서약을 마치고 아이를 길러볼 생각인 것 같았다.

"왜 아이를 만들고 싶은데? 2세대 AI로도 네가 충분히 이 세상을 살다 간 흔적은 남길 수 있잖아."

그러자 젠은 기가 차서 말이 안 나온다는 듯 고개를 절레절레 흔들었다.

"아이는 흔적을 남기려고 세상에 태어나는 게 아니야. 그건 전적으로 부모의 욕심이자 이기심이지."

평소라면, 아니 지구상에서의 얘기라면 어느 정도 동의했을 것이다. 하지만 여긴 어스러브였고 적어도 이 세계 안에서만큼은 젠의 말에 전적으로 동조할 수 없었다.

"어스러브의 아이들도 결국에는 미래에 이 서버를 이용할 유저로 키워질 애들이야. 온라인으로 교육을 하게 된다고 하더라도 그게 얼마나 먹힐까? 직접 살을 부대끼면서 키워도 말을 안 듣는 게 사람인데. 그리고 좀 불쌍하지 않아? 인공 자궁 안에서 태어나 인지능력을 갖출 때까지 시스템 안에서 키워지는 거 말이야. 그것도 어떻게 보면 플레이어들 욕심 같거든, 난."

나는 슬쩍 젠의 눈치를 보았다. 조금 전에 비해 제법 누그러진 표정이었다.

"음…… 좋은 지적이야, 키츠. 사실 네가 남자 유저일 거란 건 예측했어. 네가 좋은 아빠가 될 수 있을진 알 수 없었는데, 이제는 적어도…… 네가 아주 나쁜 아빠가 되진 않을 것 같단 생각이 드네."

그녀는 슬며시 다가와 양팔로 나를 껴안았다. 나는 엉거주춤한 자세로 서서 마지못해 그녀를 다독였다. 그러자 품 안에 안긴 젠이 넌지시 말했다.

"그럼 내 제안은 받아들이는 건가?"

그렇게 얼떨결에 육 개월간의 동거 생활이 시작되었다. 젠은 단출한 이삿짐을 들고 와서 내 보금자리에 자신의 물건을 옮겨

두기 시작했고 나의 작은 궁전에는 새 손님의 흔적이 들어찼다.

이혼 후 육 년 만에 하는 교제이자 어스러브에 가입한 이래 처음 하는 동거였다. 어스러브 속 동거는 실제 결혼생활에 비해 편한 것들이 많았다. 잠을 자면 자동으로 로그아웃되는 시스템 덕분에 서로의 코골이에 대해 걱정할 일도 없었고, 세팅 값에 따라 달라지는 환경이 조성되어 있어 청소나 요리, 빨래 같은 집안일 따위로 다툴 일도 없었다.

젠은 한 달에 한 번 정도 머리 스타일을 바꿨는데 그때마다 인상이 확 달라졌다. 기분이 좋으면 돌고래처럼 소리를 지르며 춤추는 날도 있었고, 일이 잘 안 풀리는 날에는 시끄러운 노래를 들으면서 하루 종일 수영을 하기도 했다. 자유분방하고 즉흥적인 성격이라 좀체 종잡을 순 없었지만 지루할 틈이 없어 좋았다. 이곳은 어스러브이고 각자의 다양성이 존중되어야 하는 공간이니까. 상대의 다른 점이 때로는 똑같은 일상에 활력소가 되기도 했다.

다만 서로 다르다는 사실을 인정하더라도 이해하기 힘든 점이 몇 가지 있었는데, 그중 하나는 그녀가 매주 주말이면 갑자기 사라진다는 거였다.

젠은 주말 낮 동안 몇 시간씩 외출했다가 돌아와서 접속 차단 상태로 월요일이 될 때까지 혼자 시간을 보냈다. 어디를 다녀왔냐고 물어보면 그저 바빴다는 말로 입을 닫곤 더 이상 캐

묻는 걸 차단했다. 이런 비밀스러운 행동이 꽤나 수상쩍긴 했어도 더 추궁할 수는 없었다. 현실 세계였다면 달랐겠지만, 어스브에서는 상대의 사생활을 어느 정도까지 터치해도 되는지 좀체 감이 잡히지 않았기 때문이다.

"피곤해 보이네? 어디 다녀오는 길이야?"

"응, 그냥 일할 것들이 좀 있어서."

"그렇구나. 얼른 씻어."

"응."

이따금 지친 표정으로 돌아와 성의 없는 대답을 내놓는 날이면 고민이 깊어지기도 했다.

진짜 젠은 어떤 여자일까. 나는 이 여자를 얼마나 믿을 수 있을까. 그녀가 나를 정말로 좋아하긴 하는 걸까. 이런저런 생각들이 한번 싹트기 시작하면 걷잡을 수 없이 불어나 이상한 상상에 가닿았다.

혹시나 클럽 룸에 가서 새로운 만남을 만들어 따로 지속하고 있는 건 아닌지. 이 키츠를 단순히 어스베이비를 만들기 위한 파트너 정도로만 생각하는 건 아닐까 하는 의구심. 그리고 이런 생각의 연쇄 고리가 궁극에는 우리 둘의 관계에 해가 될 거라는 사실을, 나는 물론 잘 알았다.

어떻게든 불안한 마음을 잘라내고 싶었다. 하지만 직접 물어볼 용기가 나진 않았고 그녀의 말을 곧이곧대로 믿을 수 있을지도 몰랐다.

직접 확인해봐야만 알 것 같았다. 그녀가 대체 무엇을 하는지, 두 눈으로 확인해봐야만 했다.

젠이 바이크를 타고 내린 쪽은 나후 섬에서도 북쪽에 위치한 카스미힐 언저리였다. 소문에 의하면 사람이 많이 거주하지 않아 신비로운 생명체들이 출몰한다고 알려진 지역이었다. 누군가는 그것들이 실은 지구상에서 더는 볼 수 없는 멸종된 동식물을 구현해낸 것이라 했고, 또 다른 누군가는 아예 지구상에선 볼 수 없는 생물을 모사해 만들어낸 것이라고도 했다.

카스미힐 쪽에 다다라 젠은 커다란 나무들이 우거진 세컨 공원 쪽에 바이크를 대놓고 안쪽으로 걸어 들어갔다. 공원 벤치에 앉아 있던 남자 아바타 하나가 젠을 보자마자 반가운 얼굴로 손을 흔들었다. 잠시 후, 두 사람은 손에 든 태블릿을 함께 확인하더니, 서로를 얼싸안았다. 포옹은 오랫동안 이어졌고, 남자는 젠의 얼굴을 다시 한번 마주하며 감격에 겨워했다.

대체 뭔 짓거리를 하는 거지? 먼발치에서 이 모습을 숨죽여 지켜보던 나는 집으로 돌아오자마자 드론으로 배송받은 위스키의 코르크 마개를 뜯었다. 실망감과 배신감 그리고 분노가 차례대로 치솟았다.

대체 무슨 사이인 거냐고. 독한 술을 몇 잔 연거푸 들이켜고 나서는 입고 있던 바디슈트를 벗고 화장실로 달려가 속을 게워냈다. 혼자서 얼마나 달렸는지 바디슈트 안쪽에 땀이 축축하게 배어 있었다.

늦은 시각에 돌아온 젠은 어두운 주방에 우두커니 앉아 있는 나를 보고 화들짝 놀랐다.

"왜 그러고 있어?"

나는 대꾸하지 않고 되물었다.

"어디 갔다 오는 길이야?"

젠은 여느 때처럼 지친 얼굴로 긴 머리카락을 쓸어 올렸다.

"그냥 좀 산책하다 왔어. 알잖아, 가만히 못 있는 거."

"혹시 나 말고 다른 남자 유저라도 만나?"

"그게 무슨 소리야, 키츠."

더 이상 모른 체하고 있을 수만은 없었다. 나는 테이블에 내려놓은 손가락을 소리 나게 까딱거리며 말했다.

"카스미힐까지는 왜 갔어. 그 남자는 누구고?"

"내 뒤를 쫓아왔구나."

"왜, 그러면 안 될 일이라도 저질렀나 보지?"

"키츠!"

잠시 싸늘한 정적이 흘렀다. 이윽고 흥분을 가라앉힌 젠이 다시 먼저 입을 열었다.

"그 사람은 연구자야. 랜덤 홀 박사."

"뭐?"

무슨 말인가 싶어 눈을 가늘게 뜨자 젠이 기운없이 반대편 자리에 털썩 앉았다. 이어 그녀가 털어놓은 말은 전혀 예상하지 못한 것이었다.

"나는 비밀리에 어스러브의 생태계를 연구해, 키츠. 그 사람은 내 동료고."

"생태계를 연구한다면…… 생물학자라는 거야?"

"비슷해."

이해할 수 없었다. 이곳에서의 생물은 대부분 지구상의 것들을 본떠 만든 것이다. 어스러브 속 생태계는 엄밀히 말하면 기술이 만들어낸 가상의 생명체일 뿐인데, 뭘 연구할 수 있단 말인가.

"이 안의 것들은…… 진짜 생물이 아니잖아."

의심스러운 눈초리로 쏘아보자 젠은 이해한다는 듯 고개를 끄덕였다.

"맞아, 하지만 앞으로의 어스러브는 실제 지구보다 더 지구 같아져야만 해. 냄새도, 촉감도. 디테일도. 유저들이 늘고 그들이 이 세계 안에서 보내는 시간이 늘어나면 늘어날수록 이곳도 더 진화해야만 하는 어려운 과제가 생기거든."

그러더니 그녀는 피곤한 얼굴로 주머니 안에서 담배를 꺼내 입에 물었다. 그 순간, 나도 모르게 잔소리가 튀어나왔다.

"흡연은 안 돼. 건강한 난자를 채취하려면!"

하지만 젠은 아랑곳하지 않고 라이터에 불을 붙이며 코웃음을 쳤다.

"내 난자 걱정은 하지 마. 이미 옛날 옛적에 기관에 기증해두었으니까. 그리고 나보단 키츠 네 정자나 신경 쓰지 그래. 지난번에 보니까 심폐지구력이 딸리던데……. 더 나이들기 전에 건강관리 해두는 게 좋을 거야."

저런. 벌써부터 본체의 기능을 들킨 건가. 나는 머쓱한 얼굴로 머리를 긁적였다.

"그럼…… 정확히 무슨 일을 하는 건데?"

"굳이 말하면 어스러브를 도와 이 세계를 미리 정비해두는 거야. 지금은 18세 이상의 유저들을 위주로 이곳이 돌아가지만 앞으로 어스베이비가 들어오게 되면 더 어린 가입자들이 늘어날 테니까."

젠의 말에 따르면 향후 오 년간 어스러브는 다채롭게 업데이트될 예정인 모양이었다. 대개는 바다와 숲, 동식물 같은 자연 생명체들이 보다 더 리얼해 보이도록 생태계를 조성하는 일인 듯했다.

"오늘도 힐 박사가 카스미힐에서 멸종한 생명체 하나를 구현해내는 데 성공했어. 주말이 지나면 바로 보고를 해야 하는데 다행인 일이지."

상황을 파악한 나는 다소 누그러진 목소리로 말했다.

"오해해서 미안해."

그러나 이 말만큼은 하지 않고 넘어갈 수가 없었다.

"하지만 젠, 내 마음도 이해해줘. 우리는 그냥 단순한 룸메이트가 아니잖아. 당신이 이렇게 매번 주말마다 자리를 비우게 되면 서로를 충분히 공유할 수가 없어. 다음 주 세넷의 홈파티도 나 혼자 참석해야 하는데 아마도 모두가 비웃을 거야. 내가 상상 속의 아바타와 산다고."

"오, 키츠……."

젠은 다가와 목에 팔을 두르며 해사하게 웃었다. 좀체 화를 내기 힘들게 만드는 매력적이고 아름다운 미소 앞에서 나는 또다시 무력해질 수밖에 없었다.

"난 지금 당신하고 사는 게 아주 좋아. 그리고 육 개월 동안 당신과 잘 지낼 수 있다면 무엇이든지 할 거야. 하지만 이 일은 우리들의 베이비를 위한 거니까…… 이해해주면 안 될까?"

그녀는 다시 한번 애교 섞인 눈웃음을 지어 보였다. 혼란한 머릿속이 정리된 건 아니었지만 나는 그녀를 끌어안고 벌러덩 침대 위로 엎어졌다. 달콤한 키스가 오래도록 끊이지 않는 긴 밤이었다.

"워우, 죽이는걸! 근데 왜 그런 완벽한 파트너를 두고 파티에 혼자 등장한 거야?"

맥주병을 흔들어대던 세넷은 그동안 젠과 있었던 얘기를 듣더니 이해가 되지 않는다는 투로 물었다.

"일하느라 바빠."

심장이 쿵쾅거릴 정도로 크게 울리는 스테레오 사운드 앞을 지나치며 나는 고개를 내저었다. 아무리 생각해봐도 아랍 전통 의상을 입은 세넷이 조용한 사원에서 기도를 올리는 모습은 상상조차 할 수 없었다.

"안녕하세요!"

때마침 풀장에서 나온 세넷의 새로운 여자 친구가 이쪽으로 걸어왔다. 노란색으로 염색한 머리에 피부색이 조금 가무잡잡한 동남아시아 계통의 아바타 유저였다.

"안녕하세요."

그녀는 한껏 밝은 표정으로 나에게 주먹 쥔 손을 내밀었다. 예상치 못한 서구식 인사법에 당황한 것도 잠시, 세넷이 뽐내는 말투로 말했다.

"키츠, 내 여자 친구를 소개할게. 이름은 나카미. 보시다시피 나랑 아주 잘 어울리지."

세넷의 말이 미처 끝나기도 전에 나카미는 높은 톤의 목소리로 인사했다.

"우리처럼 완벽한 커플이 또 있다고 들었는데. 같이 안 왔네요!"

"그러게요. 아쉽군요. 같이 보면 좋았을 텐데."

"어스베이비를 위해서 노력하고 있다고요? 우리도 그런데."

나는 깜짝 놀라 세넷의 표정부터 살폈다. 세넷이 출산을 계획한다고? 저 카사노바가?

세넷은 손에 든 술을 단숨에 들이켜고 단호한 얼굴로 말했다.

"이제 이 몸도 더 이상 예전 같지 않아. 그래도 적당한 때 자손을 좀 보고 싶구만."

"이리 잠깐 와봐."

나는 도무지 믿기지 않아 그를 구석으로 끌고 갔다.

"저 여자는 네가 레드석을 무려 스무 개 넘게 보유했단 사실을 알아?"

"프로필을 봤으니까 알 테지?"

"근데도 그런 네가 괜찮대?"

"내 매력이 어마어마하거든."

"밝고 쾌활한 사람 같은데. 너무 상처 주진 마."

"무슨 소리야, 키츠. 난 이미 육 개월 동안 만나면서 저 여자의 매력에 푹 빠졌는걸."

"육 개월?"

"응, 나카미가 육 개월 동안 만나보자고 먼저 제안했거든."

육 개월이라니……

육 개월 동안 지켜보는 게 요즘 어스러브의 또 다른 트렌드인 건가? 세넷은 장초에 불을 붙이곤 후, 담배연기를 내뿜더니 말을 이었다.

"다 좋은데, 제일 좋은 건 사람을 더 궁금하게 만드는 거야. 밀당의 고수랄까. 지겹지가 않아."

"뭐 하는 사람인데?"

"그건 모르지. 안 물어봤으니까. 확실한 건 모든 생물과 소통할 수 있어. 밤이면 식물하고도 말을 한다니까?"

그 말에 나도 모르게 얼굴이 구겨졌다.

"식물하고 말을 한다고? 그건 좀 이상한 거 아니야?"

하지만 세넷은 이제 막 사랑에 빠진 사람처럼 몽롱한 표정으로 키득거렸다.

"사랑이 많아. 밤에는 누구보다 화끈하거든. 귀신같이 날 넘어뜨리는데 매번 혼이 빠져요."

"그래, 좋겠다. 아주 궁합이 여러모로 잘 맞나 보네."

나는 세넷의 어깨를 다독이며 멀리서 격렬하게 춤을 추고 있는 나카미를 바라보았다. 규칙 없이 흐트러진 몸동작이었으나 어딘가 익숙하게 느껴지는 춤사위였다. 그 순간, 나카미가 이쪽을 보면서 시선이 부딪혔고, 환하게 치열을 드러내며 웃는 그녀의 모습에서 나는 묘하게 익숙한 느낌을 받았다.

"어이, 키츠."

정신을 차리고 고개를 돌리니 세넷이 다소 언짢은 얼굴로 나를 보고 있었다.

"그 야릇한 시선은 좀 거둬줘. 너무 뜨겁잖아."

그러더니 그는 장난이라는 듯 나의 팔뚝을 툭 치고 나카미 쪽을 향해 갔다.

나는 더 이상 기묘한 기분을 느끼고 싶지 않아 술잔을 내려놓고 집으로 돌아왔다.

그날 밤, 나는 침대에 마주 누운 젠의 얼굴을 말없이 빤히 바라보았다.

"무슨 일 있어?"

평소와는 다르다고 느꼈는지 젠은 고개를 갸웃했다.

"아니, 신기해서. 이 아바타, 진짜 널 닮은 거야?"

그러자 젠은 잠시 머뭇거렸다.

"글쎄, 진짜 모습은 별로 이야기하고 싶지 않은데……."

"왜?"

"내가 어떤 사람인지…… 실은 나도 잘 모르겠거든. 이곳에 들어오면서 기억하고 싶지 않은 것들은 모두 지워버렸어."

그 말을 내뱉고서 천장을 향해 돌아누운 젠이 짧게 한숨을 내쉬었다. 어쩐지 공허해 보이는 눈빛이었다.

나는 이해한다는 말투로 위로했다.

"그래, 말하고 싶지 않으면 말하지 않아도 돼. 굳이 상처를 후벼 팔 필요는 없으니까. 때로는 가만히 놔두는 게 약이 될 때가 있지."

그 말이 의미 있게 다가왔는지 젠은 천천히 고개를 돌려 나를 바라봤다. 유독 동그란 눈망울에서 알 수 없는 불안감이 읽혔다.

"정말 그렇게 생각해, 키츠?"

"그럼."

"상처는 그냥 내버려둔다고 저절로 나아지는 게 아니야. 아픈 게 나아졌는지, 혹시 덧나진 않았는지 정도는 살펴봐줘야지."

어라…… 대화의 방향이 갑자기 엉뚱한 쪽으로 빠지는 것을 느꼈지만 나는 어색하게 웃으면서 받아쳤다.

"그래, 하지만 그런다고 아픈 게 안 아파지는 건 아니잖아. 자꾸 건드리지 말라는 거야, 안 지켜보겠다는 말이 아니라."

"무슨 소리야, 키츠. 사랑한다면…… 관심을 갖고 지켜봐줘야지."

젠의 목소리는 떨리고 있었다. 금방이라도 질책을 쏟아낼 것만 같은 얼굴엔 충격과 공포가 깃들어 있었고 대단히 싫은 것과 마주한 것 마냥 질겁한 표정이었다.

"알겠어, 젠. 근데…… 나는 그저 위로를 건네려고 한 말이야. 내가 뭔가 기분 나쁘게 했다면 미안한데, 과거 일 따윈 더는 묻지 않을 테니까 그냥 넘어가자. 알겠지?"

그러나 무슨 말을 해도 순순히 먹힐 것 같지 않은 분위기였다.

"아니! 그래야 하는 거라고, 키츠. 왜 자꾸 말을 돌려? 진짜 사랑한다면, 상대가 힘든 상황에 처했을 때 그냥 내버려둬서는 안 돼. 상대가 자신을 가만히 내버려두라고 말하더라도."

그러더니 그녀는 화난 얼굴로 그 자리에서 바로 로그아웃을 해버렸다.

나는 도무지 무슨 잘못을 한 것인지, 무엇이 그토록 그녀를 화나게 한 것인지 이해할 수 없었다.

며칠째 비가 내렸다. 현실 세계에서도, 어스러브 속에서도 많은 비가 쏟아졌다. 하늘은 칙칙했고 공기는 습했다. 젠이 잠수를 탄 뒤로 더 이상 입을 일이 없는 바디슈트도 덩달아 눅눅해졌다. 도무지 일이 손에 잡히지 않았다. 젠과 만난 후 추가로 얻은 레드석 한 개가 프로필에서 반짝이고 있었지만 아직 완전한 이별은 아니었으므로 깨지지 않은 채였다.

오랜만에 스마트폰의 폰북을 켜고 한결을 떠올렸다. 상처를 그대로 내버려두면 안 된다. 그 말을 듣는 순간 불현듯 과거의 기억이 머릿속에 스쳤다. 이상하게 젠과 다투고 나서부터 한결의 마지막 몇 마디가 귓가에 맴돌았다.

곁에 있어서 더 외로웠던 것 같단 말. 드디어 자유를 찾았다던 그 말.

늘 마음속에 숙제처럼 매달려 있던 말이었고, 살면서 언젠가는 한 번쯤 정리해야 할 일이었다.

바늘구멍조차 들어가지 않을 정도로 밀봉된 옷을 입고 밖으로 나오니 외출이라는 말이 무색하게 숨이 막혔다. 오 년 만에 다시 발을 디딘 거리는 전과 다르게 황량하고 삭막했다. 한때는 각종 프랜차이즈 커피숍과 로컬 맛집이 즐비했던 골목이었지만 지금은 드론 배송이 가능한 테이크아웃 전문점 몇 개만이 자리를 차지하고 있을 뿐이다.

골목으로 접어들자 저 멀리 처가댁이 보였다. 한결이 리모델링을 맡겼던 빌라는 그새 더 낡아져서 조금 과장되게 표현하면 언제 쓰러져도 이상해 보이지 않았다. 나는 한참을 망설이다가 303호 앞에서 초인종을 눌렀다. 그러자 조금 뒤, 오 년 전에 비해 더 늙은 듯한 장모님이 문을 열고 나왔다. 장모님은 내 얼굴을 보자마자 귀신이라도 마주친 것처럼 깜짝 놀랐다.

"윤 서방?"

한결은 집에 없었다. 나는 누렇게 뜬 장판을 손가락으로 누르면서 더듬더듬 물었다.

"한결이, 아니 한결 씨는 좀 괜찮아요?"

"응, 좀 나아졌지. 윤 서방, 아니 그쪽은 어떠신가?"

어색한 호칭으로 한층 더 어색해진 분위기 속에서 무릎을 꿇고 앉은 다리는 금방이고 쥐가 날 것만 같았다.

"저야 뭐…… 똑같죠."

"살림은 새로 안 차렸고?"

"제가 무슨 능력이 돼서요. 그럴 생각 없어요. 아, 그나저나 한결이 연락이 잘 안 되던데. 혹시 연락처가 바뀌었나요?"

"글쎄, 그건 아닌데……. 요즘 무슨 일을 하는지 눈코 뜰 새 없이 바빠. 온통 다 재택하는 시대에, 주말에도 나가서 일을 한다니까?"

"무슨 일인데요?"

"국민 게임 만드는 유명한 회사라던데. 제 말론 엄청 잘나간다 하더라고."

그러더니 장모님은 몸을 일으켜 방 안에서 지갑을 가지고 나와 명함을 꺼내 건넸다.

"요샌 종이 명함 잘 안 쓰지? 그래도 엄마 하나 갖고 있으라고 주던데……."

명함을 본 순간 하마터면 알러지 때문에 재채기를 할 뻔했다. 종이 위에는 굵은 활자로 '어스러브'라고 적혀 있었다. 어스러브라고? 금방이라도 퓨즈가 나갈 것처럼 정신이 아득해졌다. 한결이, 그곳에 왜. 무엇 때문에?

과거 인터넷 뱅킹이 급속도로 성장하던 시절, 한결은 새로운 금융 서비스 프로그램을 설계하던 기술자로 오래 일했었다. 그런 그녀가 지금처럼 기술이 고도화된 시대에 어딘가에서 새로운 일을 찾았을 거라고 생각하긴 했지만, 어스러브에서 근무하고 있었을 줄이야.

나는 얼빠진 얼굴로 한결의 직책을 몇 번이고 다시 봤다.

신사업기획팀 팀장.

대체 여기서 뭘 하는 거지? 명함에 적힌 주소지를 보니 여기서 멀지 않은 건물에 있는 공유오피스였다. 오랜만에 한결을 만난다고 생각하니 이상하게 긴장감으로 손이 축축해졌다. 나는 되도 않는 약속을 핑계로 그 집에서 바로 나왔다.

"죄송합니다. 여기는 인증된 분만 출입이 가능합니다."

몇 분째 로봇 경비원과 입씨름을 하고 있자니 답답했다. 이쯤 되면 진짜 경비원이 나타나 사태 파악을 해볼 법도 한데, 로봇의 가슴팍에 붙은 모니터가 구식 모델이라 담당자와 실시간 연결이 잘 되지 않는 모양이었다.

"그러니까 연결을 해달라고요. 여기 직원을 만나러 왔다니까요! 이름은 박한결이고."

"이곳은 연구기관이라 인증된 직원분만 들어갈 수 있습니다. 죄송합니다."

같은 말만 되풀이하는 구식 로봇의 융통성 없는 태도에 열이 받은 나는 게이트를 되돌아 나오려다 멈칫했다. 공용 화장실 뒤편 화물용 엘리베이터 문 사이로 청소도구가 껴서 살짝 틈새가 벌어져 있었다. 나는 로봇이 고개를 돌리는 틈을 타 얼른 그쪽으로 돌진했다.

명함에 적힌 5층에 내리자, 눈앞에 어스러브의 연구실 풍경이 아득하게 펼쳐졌다. 수십 대의 모니터가 붙어서 만들어진 대형 화면들에는 다양한 각도에서 찍힌 나후 섬이 보였다.

주말이라 그런지 사무실에는 아무도 없었다. 대신 벽 구석에 붙은 CCTV의 빨간 버튼이 연신 깜빡거리고 있었다. 나는 아직 김이 모락모락 피어오르는 머그컵이 놓인 자리를 향해 다가갔다. 자리에는 왠지 익숙한 이미지들이 팝업처럼 떠 있었다.

여성 아바타의 모습이었다. 언뜻 며칠 전에 만난 나키미 같다는 느낌이 들어 확대해보니 더욱 확실해졌다. 개별 프로필 정보 창에는 해당 아바타 유저의 유전자 정보와 함께 난자 기증 인증 마크가 박혀 있었다.

이게 뭐지?

위험한 행동인 줄 알면서도 침을 꿀꺽 삼키고 손가락으로 화면을 밀었다. 그러자 곧이어 화면에 연달아 수천 명의 아바타 유저들 정보가 떴다. 조금씩 다른 인종과 다른 얼굴로 설계된 아바타들에겐 각각의 이름이 붙어 있었고, 죄다 하나같이 난자 기증 마크가 박혀 있었다.

그리고 그 사이에서 익숙한 프로필을 발견한 순간, 머리카락이 쭈뼛 섰다.

젠 히츠. 키 168센티미터. ENFP. 일본과 태국의 혼혈 인종으로 설계된 여성 아바타.

분명 내가 알고 있는 그 젠이었다.

"누구시죠? 여긴 어떻게 들어왔어요?"

익숙한 목소리에 돌아보자 연구원 복장을 한 한결이 의아해하는 얼굴로 서 있었다. 한결은 내 얼굴을 찬찬히 보더니 믿기지 않는 듯 쓰고 있던 안경을 획, 벗었다.

"성복 씨?"

따뜻한 커피가 차갑게 식어가고 있었다. 나란히 앉아 있다는 사실이 무색하리만치 어색한 침묵이 길게 이어졌다.

"그래서, 진짜 유저가 아니라 다 AI라고?"

한결이 들려준 이야기에 충격을 받은 난 믿을 수 없단 투로 물었다. 또다시 정적이 흘렀고 내 입에서 먼저 긴 한숨이 새 나왔다. 잠시 뒤, 한결이 결심한 듯 입을 뗐다.

"완전한 AI는 아니야. 각 유저들의 유전자 정보랑 난자를 제공받아서 만들어진 대리인 같은 개념이니까."

"왜 그런 짓을 저지른 거지?"

한결은 피곤한 듯 관자놀이를 눌렀다.

"요즘 어스러브 서버 내 유저 성비 불균형이 심해. 몇 년 전까지만 해도 여성 유저가 엇비슷하게 활동하고 있었는데……. 남성 유저들이 룰을 지키지 않고 마구 폭력적인 언행이나 제스처를 취하거나 신뢰를 저버리는 경우들이 생기면서 많이들 휴먼 계정으로 전환했어. 그나마 얼마 남지 않은 여성 유저들도 또 다른 여성 유저들과 짝을 이루는 경우가 더 많고."

"그렇다고 사람을 속여? 진짜 유저인 척하면서? 그건 기만이야. 인간을 농락하는 짓이라고."

그러자 한결은 길게 한숨을 내쉬었다.

"어쩔 수 없었어. 지구상에서 나날이 유저 수가 줄고 있으니까. 전 세계에서 출산율 압박은 계속 들어오지, 노동력은 떨어지지만 코인은 벌어야지. 대의를 위해 나선 거야. 난자를 기증할 만한 여성 지원자를 찾은 거지. 베타테스트 같은 개념으로."

"그럼 나 같은 놈들이 상대가 진짜 유저인 줄 알고 정자를 내어주면 뭐가 되냐? 어? 허수아비인가?"

내 언성이 높아지자 한결은 주위를 살피며 조용히 말을 이었다.

"육 개월이라는 시간을 주잖아. 육 개월 동안 시간을 갖고 보다가 대개는 고백의 타이밍이 와. 그럼 마지막 선택권은 남성 유저가 갖게 되는 거지. 상대가 AI라는 걸 알고도 어스베이비를 만들지 말지 말이야. 지금까진 69%가 상대가 AI임을 알고도 반려자로 선택했고."

이 사실을 알고도 69%가 스스로 호구가 되는 선택을 내린다고? 전혀 납득이 되지 않는 이야기였다.

"사기 치고 난 다음에 정으로 뽕 뽑아먹는 거야? 왜 내가 출산율을 위해 이용당해야 되는데? 지구가 멸망하든 말든 무슨 상관이야."

한결은 그런 나를 잠시 물끄러미 보더니 물었다.

"그럼 왜 어스베이비를 만들겠다고 했어? 진짜 젠을 좋아하기라도 한 거야? 반려자로 생각할 만큼?"

젠의 이름이 튀어나오자 나는 소스라치게 놀라 펄쩍 뛰었다.

"당신이 어떻게 젠을 알아? 어? 어스러브 직원이면 유저 사생활도 볼 수 있니?"

화가 나서 아무렇게나 내뱉은 말이었는데 대꾸가 없었다. 표정을 보니 얼추 맞는 모양이었다.

"뭐야, 진짜야? 이야, 너무하네. 이거 민간인 사찰 아니냐?"

그러자 한결은 전과 달리 깔끔하게 잘린 손톱 끝을 매만지며 말을 이었다.

"당신이 키츠라는 걸 안 지는…… 나도 얼마 안 됐어."

"뭐?"

"젠은 예외적으로 버그가 생긴 경우야. 원래는 육 개월 동안 동거인과의 다툼을 최소화하게 설계된 아바타인데, 자기도 모르게 멋대로 급발진을 해버리고 잠수를 탔지. 왜일까 싶어서 찾아보다가 알게 됐어. 성복 씨가 키츠라는 걸."

잠시 뜸을 들이던 한결이 숨을 크게 들이마시더니 말했다.

"실은…… 젠 히츠를 만들 때 참고한 유저가 나야."

젠이 한결의 대리 아바타라고? 그러기엔 두 사람은 전혀 닮은 구석이 없다. 외향뿐 아니라 성격과 말투, 심지어 잠자리에서 나오는 행동이나 버릇까지, 죄다 딴판인 두 사람인데…….

"말도 안 돼……. 당신하고 똑같은 구석이 하나도 없는데 어떻게……."

더 말하려다가 그만 입을 다물었다. 문득 내가 한결이라는 사람도, 젠도, 제대로 알지 못하고 있다는 생각이 스쳐서였다.

슬쩍 보니 한결의 눈빛에는 한 치의 거짓도 없어 보였다.

"정말…… 젠이 당신을 본떠 만든 AI야?"

그녀는 말보다 명확한 대답처럼 천천히 고개를 끄덕였다.

"내가 바라는 스타일로 설계했어. 내가 원하는 모습으로. 다만 몇 가지 세팅 값이 있었고 나와 관련된 정보들이 있었는데. 어쩌다 당신이 잠재된 내 발작 버튼을 건드린 모양이야."

그제야 젠이 왜 그토록 갑작스럽게 화를 내고 로그아웃을 했는지 이해할 수 있었다. 돌이켜보니 한결과 자주 부딪치던 양상이었다. 한결과 나는 갈등을 해결하는 방식이 전혀 달랐다. 힘든 걸 알아주고 공감해주기를 바라는 사람과 시간이 약이라고 믿는 사람. 한결은 이런 내가 늘 무심하고 무책임하다고 말했었다.

"하아⋯⋯."

"AI가 나를 대신해서 화도 내주고, 참 별일이지?"

나는 지끈거리는 머리를 부여잡고 신음을 내뱉었다. 그러다 이해되지 않는 지점이 있어 다시 고개를 들었다.

"잠깐만, 근데 당신이 어떻게 난자를⋯⋯. 그게 가능해?"

대답을 망설이던 한결이 무겁게 입을 열었다.

"수술 전에 교수님한테 부탁해뒀어. 수정체와 냉동난자를 채취해서 동결해둘 수 있을지. 언젠가 원한다면 필요한 때가 올지도 모르니까."

그 이야기를 들은 나는 더 이상 참지 못하고 쏘아붙이듯이 말했다.

"어떻게 그런 걸 나한테 숨겨?"

시종일관 차분하게 말하던 한결도 분한 듯이 되받아쳤다.

"당신이 금방 포기해버렸잖아. 내가 무슨 생각을 하는지, 그때 제대로 물어봐줬어? 들으려고 한 적도 없잖아."

"야, 박한결! 아무리 그래도 그렇지, 그런 일이 있었으면 나한테 먼저 말을 했어야지!"

"이미 깨진 지 오래된 관계였어. 애 하나 낳는다고 뭐가 달라져?"

"더 좋은 기회가 될 수도 있었어! 더 노력해볼 수 있는 일이었다고. 이렇게까지 되지는 않을 수도 있었는데!"

한결의 입에서 피식 냉소가 터져 나온 건 그때였다. 순간, 황당하게도 나는 한결을 통해 젠의 얼굴을 보았다. 너무 다른 생김새였지만 동시에 아주 비슷한 얼굴이었다.

"성복 씨, 자긴 모르나 본데. 자기 하나도 안 바뀌었어. 힘든 일만 생기면 도망가려고 하고, 좋은 때만 함께하려고 하지. 여전해."

"뭐?"

"그러니까 젠이 떠난 거야, 나처럼."

이번에는 내 쪽에서 아무런 대답을 할 수 없었다.

얼마간 정적이 흘렀고 이전과는 다르게 팽팽하던 무언가가 뚝 끊긴 느낌이었다.

한결은 자리에서 일어나 주변을 정돈하더니 말했다.

"가봐야겠어. 아, 그리고 젠은 다시 돌아올 거야. 버그는 손을 봤거든. 만나게 되면 모른 척해. 그 친구 잘못이 아니니까."

나는 터져 나오는 짜증을 강제로 억누르면서 입술을 깨물었다.

"내가 너인 줄 알고 어떻게…… 어떻게 또 만나니?"

"엄밀히 따지면 같은 사람은 아니지. 알잖아, 젠하고 나는 좀 다른 타입인 거."

한결은 손으로 내 어깨를 잠시 붙잡았다가 뗐다. 그 감촉이 너무나도 익숙해서 오히려 섬뜩한 기분이 들었다.

"잘 선택해. 그래도 한때는 간절히 원했던 거 아니야? 아이를 낳고 기르는 거. 난 하지 못했지만 젠과는 좋은 기회가 될 수도 있으니까. ……한번 잘해봐."

고갯짓으로 인사를 대신하곤 한결이 점차 멀어져 갔다.

"한결아, 야! 박한결!"

내가 시끄러울 만큼 버럭 외치는데도 그녀는 뒤돌아보지 않았다.

한결이 시야에서 사라진 다음, 나는 어스러브 마크가 새겨진 건물 옥상을 올려다봤다. 평범하기 짝이 없는 건물이 지금 이 순간만큼은 나를 잡아먹을 것 같은 거대한 괴물처럼 보였다.

사람의 그림자도 보이지 않는 휑한 보도를 걸으며 이 지독한 세계에 대해서 생각했다. 서로에 대해 잘 알지 못하는 채 사랑한다는 말을 주고받고, 식사를 하고, 잠자리를 보내는 삶. 누가 진짜 나이고 누가 진짜 너인지 모르는 이 세상에 과연 진짜라는 게 남아 있기는 한 걸까. 어스러브가 진짜가 될 수 있을 거란 나의 생각은 그저 환상이었을까. 불현듯 쉽게 상상하기만 했던 미래가 매우 두려워졌다.

그리고 그런 생각에 이르자 그제야 처음으로 옛날 한결의 말처럼 세상이 종말에 가까워졌을지도 모른다는 생각이 들었다. 젠장.

메타버스,
생명체 탄생의 공간이 되다

세월이 지나도 변하지 않는 진리가 몇 개 있다. 그중 하나는 인간이 지닌 '번식'의 욕망인데, 남녀의 만남의 자리가 가상세계로 옮겨 갔다고 해서 그 욕망이 쉽사리 사라지지는 않을 것이다. 그것이 설령 '가상' 후손이라고 해도.

기존의 메타버스 소설에서는 좀처럼 다루어지지 않았던 출산과 자손이라는 소재를 가벼우면서도 통렬한 문장으로 풀어냈다. 빠른 속도로 진행되는 이야기 도처에 묵직한 작가의 관점이 놓여 있어 그저 재밌게 읽으면서도 동시에 실제 현실과 비교해볼 만하다. 메타버스상의 육체적 관계나 바이러스 이후의 세계 등 다소 극단적일 수 있는 설정을 장황하게 설명하지 않고 깔끔하게 독자들에게 인식시키는 절단 신공도 탁월하다.

마지막 장을 넘기고 나면 작가가 그리는 뒷이야기가 궁금해진다.

메타버스의 2세대 인간, '어스베이비'는 어떤 모습으로 도래할까. 근래 목도했던 저출산 정책들을 떠올려본다면, '어스베이비'의 이야기가 아주 멀리 느껴지지는 않는다.

과연 러브플레이어스는 종말인가, 구원인가?

더 나은 세상을 꿈꾸면서
살 수 있는 곳에 우리가 위치했으면

이 세상이, 지금의 세상에서 벗어나고 싶은 사람들로 가득 차 있다는 생각을 한 적이 있다. 발붙인 세상에서 도피하고 싶은 마음으로 글을 썼다.

이 이야기는 20년 전, (메타버스 개념의 원조격이라고 할 수 있는) 아바타 게임에 빠져 허우적거렸던 어린 날의 내가 구상한 미래의 일부다. 그곳에서는 누구나 부자가 될 수 있고 누구와도 맘 편하게 속내를 터놓을 수도 있으며 색다른 모험을 해볼 수도 있다. 그런 세계 안에서 나는 처음 맛보는 자유를 느꼈고 새로운 자아를 찾았다.

그러나 막상 나이를 먹고 보니 현실의 도피처가 되어버린 가상세계가 과연 희망적이기만 할까, 자신이 없어졌다.

2020년도 대한민국은 가임 여성 1명당 약 0.84명의 출산율을 기록했다. 요즈음의 개개인은 자신과 맞는 짝을 찾는 것도, 자신의 마땅한 보금자리를 찾는 것도, 여유 있는 마음으로 자식을 낳아 기르는 것도 모두 쉽지 않다. 그것이 현실이고 우리가 발붙인 세상이다.

'어스러브'는 이런 세상에서 탈피하고 싶은 사람들의 마음을 상상하면서 만들어졌다. '결혼', '비혼', '이혼', '솔로', '양성애', '동성애', '무성애' 모두가 자유로울 수 있는 세계 그리고 자식의 유무가 개인의 삶을 어떤 형태로든 규정 짓지 않는 세계. 그런 세계가 이상적으로 도래할 수 있을지를 고민하면서 빠르게 이야기를 써 내려갔다.

그리고 다소 들뜬 마음으로 게임 속 미팅방에 입장해 친구를 사귀던 12살의 모습과는 꽤나 다른 세계를 그리게 된 작금의 현실에, 한편으로는 마음 한구석이 쓰리다. 어떤 양태로든 조금 더 나은 세상을 꿈꾸면서 살 수 있는 곳에 우리가 위치했으면 좋겠다는 마음만큼은 변함이 없다.

메타버스
장르문학상
수상작품집

그린 룸

● 이성민

심사평

메타버스 속 또 하나의 휴머니즘을 탐색하다

작가의 말

우리 눈앞의 메타버스가 현실의 부재를 채워주지 않을까

이성민

CJ오펜 시나리오 공모전에서 수상하며 본격적인 글쓰기를 시작했다. 네이버 기획작가, 넷플릭스「종이의 집」보조작가로 경력을 쌓았다. 카카오페이지 추/미/스 소설 공모전에서 수상했다. 경기 스토리작가 하우스 2기 작가로도 활동했다.

"없애버려."

한가운데 서자마자 그런 소리가 들렸다.

또 시작이군. 데이빗은 나지막이 한숨을 쉬었다.

파라다이스 사 빌딩의 꼭대기 층 사장실. 웬만한 백화점 한 층에 맞먹을 정도로 공간이 넓어서 입구부터 방 가장자리까지 걷는 데만 삼십 초가 걸린다. 그런 어마어마한 크기에 비해 가구라고 할 만한 집기들은 거의 보이지 않는다. 그래서일까. 올 때마다 공사 중인 건물에 잘못 들어온 기분이었다. 아무런 방해없이 들이치는 햇살이 그나마 휑한 느낌을 덜어주고 있었다.

"없애버리라니, 무슨 말이죠?"

데이빗이 고개를 들었다. 사장실 끝에는 목제 테이블이, 그 뒤로는 그가 앉아 있다. 흘긋 보기만 해도 100kg은 가뿐히 넘을 듯한 우람한 체격의 그는, 느긋한 표정으로 허공에 연신 손가락을 까딱거린다. '현대 게임의 아버지'라 불리는 저 남자의 이름은 미이케 사토루. 2041년 올해의 인물로 선정되었을 때는 말라깽이였는데 지금은 어째선지 저 모양이다.

"무슨 말인지 알잖나. 호리즌트를 삭제하라고."

"더미 바이러스 때문입니까?"

데이빗이 조심스럽게 묻자 사토루가 바로 끄덕였다.

"말씀드렸잖습니까, 제가 처리하겠다고. 일주일만 기다려주세요. 아직 삼 일이나 남았고, 백신 개발도 진행 중인데……."

"고작 삼 일이지."

사토루가 말했다.

"게다가 듣기로는 진척도 없다며?"

데이빗은 입술을 꽉 깨물었다. 마음 같아선 그렇지 않다고 당당하게 외치고 싶었지만 그럴 수 없었다. 사실이니까.

바이러스가 아무리 무섭다고 한들 데이빗이 볼 때는 다 거기서 거기였다. 행동 패턴만 놓고 보면 하는 짓은 하나같이 똑같다. 타인의 컴퓨터에 잠입해 파일을 망가뜨리거나 파일을 인질 삼아 돈을 요구하거나. 누군가의 이득이나 흥미를 충족하기 위해 악의적으로 움직인다.

하지만 이 바이러스는 달랐다. 파일을 파괴하지도 않고 직접적인 피해를 주지도 않았다.

단지 몸집을 키우기만 할 뿐이었다.

정확한 과정은 이렇다. 서버의 데이터 속에 은밀하게 침투한 다음 그 안에 자리를 잡는다. 이후 더미 데이터*를 끝도 없이 생산하며 용량을 야금야금 잡아먹는다. 놈의 이름이 '더미데이터 바이러스', 줄여서 '더미 바이러스'가 된 이유는 그래서다. 그리고 지금 더미 바이러스는 파라다이스 사 데이터 센터의 3분의 1을 점령한 상태다.

데이빗은 슬쩍 고개를 들어 사토루를 보았다. 그의 얼굴엔이렇다 할 표정이 없었다. 저 가면 뒤에 과연 어떤 생각이 꿈틀거리고 있을까. 바이러스 때문에 서버 간 통신 속도가 바닥을기고 있는 지금, 새로운 업데이트와 버그 패치도 몽땅 물거품이 된 상황 앞에서, 사토루는 어떤 심정일까.

데이빗은 고민 끝에 입을 열었다.

"일주일만 더 줘요. 제대로 치료할 테니. 미싱맨 때도 제가잘 처리하지 않았습니까? 그때처럼……."

그런 사건이 있었다. 닉네임도 없는, 유령 같은 플레이어가파라다이스 사의 메타버스 월드를 제집마냥 돌아다니며 '트롤

* 게임 내에는 있는데 실제로 사용되지 않은 데이터.

링'을 해댔다. 플레이어들을 깜짝 놀라게 하거나 아이템을 뺏어가는 식으로 골탕을 먹인 것이다.

얼마 지나지 않아 놈에게 닉네임이 붙었다. 미싱맨. 이어 게이머들 사이에서 각종 루머가 쏟아졌다. 미싱맨의 정체가 실은 게임 제작자의 죽은 아들 원혼이라느니, 최저임금에 화가 난 개발자 중 한 명이 게임을 사보타주하기 위해 끼워넣은 의도적인 버그라느니, 아니면 이도저도 아닌 그저 어쭙잖은 노이즈 마케팅이라느니. 그런 도시 괴담 같은 이야기들이 하루가 멀다 하고 쌓여갔지만 쓸 만한 정보는 없었다. 정말 녀석의 정체가 뭐였을까. 데이빗도 가끔 궁금했지만 아쉽게도 이제는 알 길이 없다. 미싱맨은 어느 날 갑자기 등장했을 때처럼 또 갑자기 사라져버렸다. 일말의 흔적도 없이, 마치 처음부터 존재하지 않았다는 듯.

"엄밀히 말하면 미싱맨은 당신과 레이첼이 처리한 거지."

사토루가 시큰둥하게 말했다. 그래놓고는 움찔하더니 급하게 한마디를 덧붙였다.

"아, 물론 자네를 평가절하하려는 건 아니야. 데이빗 자네 실력이 출중한 거 누가 모르나. 마음 같아서는 자네에게 이번 일을 맡기고 싶어."

맡기고 싶다? 순간적으로 그의 말을 이해할 수 없었다. 지금 자신은 이미 일을 맡아 백신을 개발하고 있던 상황이 아닌가. 그것도 애초에 사토루의 제안을 받아서.

설마……. 데이빗은 말 언저리에 숨은 진의를 뒤늦게 깨달았다.

"백신 연구진에서 절 자르실 생각입니까?"

"자르는 게 아니라, 다른 일을 맡길 생각이야. 당신만 할 수 있는 일이 있어서……."

"아뇨, 안 되죠."

데이빗은 손톱이 살을 파고들 정도로 주먹을 꽉 쥐었다.

"제가 무슨 일회용 도굽니까? 쓰다 버리게? 저도 저 나름대로 노력하고 있었단 말입니다."

잠시 데이빗과 사토루 사이에 침묵이 흘렀다. 사토루는 큼, 소리를 내며 목을 가다듬은 뒤 조심스럽게 입을 열었다.

"들어봐. 이건 자네만 알아야 하는 정보인데……."

"됐습니다. 무슨 말을 하시든 저는……."

"곧 있으면 오픈될 텐트폴* 월드들이 싹 다 더미 바이러스에 걸렸어. 내일 공개될 신작 월드도, 전부."

데이빗은 입을 꾹 다물었다. 뭐라고?

"그래, 놀랐지? 나도 오늘 새벽에 전해 들었어. 믿을 수 없지

---

* 지지대라는 의미. 영화계 용어. 흥행률이 높아 영화사를 지탱해줄 대작 영화들을 보통 '텐트폴 무비'라 한다. 여기서는 영화 대신 게임에 대응하여 쓰인다.

만 사실이야."

사토루는 땅이 꺼질 듯 한숨을 내쉬었다.

"큰일이지. 주주총회 예정일이 코앞인데 월드 오픈을 미룰 수도 없고. 이대로 개방하면 어떤 난리가 벌어질지 모르고."

데이빗은 잠시 사토루를 지켜보았다. 쩔쩔매는 그를 보니 절로 동정심이 들었다, 한심하지만.

"……어떻게 하실 생각입니까, 그래서?"

"월드는 열 거야. 계획대로."

사토루의 단언에 데이빗은 고개를 저었다.

"더미 바이러스가 아직 해결이 안 됐잖습니까? 월드 하나를 굴릴 만한 서버를 어디서……."

"내부 회의를 했는데, 호리존트 서버가 제격이라는 결론이 나왔어. 기동률도 좋고 데이터도 널널하고. 거길 쓰면 적어도 일주일은 문제없이 운영할 수 있다고 했어."

갑자기 모든 게 정지했다. 방금 들은 말을, 데이빗은 도저히 이해할 수 없었다. 이해하고 싶지도 않았다.

"안 됩니다."

데이빗은 간신히 입을 뗐다.

"그건 계약으로 약속한 거잖아요. 제가 이 회사에서 일하는 대신, 무슨 일이 있어도 십 년간 호리존트는 유지한다고. 서류 상으로 아직 이 년이나 남았는데……."

"이 년밖에 안 남은 거지. 그리고, 호리존트는 과거잖아. 이젠 슬슬 놔줄 때가 되지 않았나."

사토루가 조심스럽게 덧붙였다.

"레이첼도 그걸 바랄 것 같은데."

온몸의 피가 솟구치는 기분이었다.

젠장, 당신이 뭔데 그딴 말을 해. 이 말이 턱 밑까지 차올랐지만 간신히 삼켰다. 진정하자. 진정해야 한다.

"물론 당신도 가슴이 아플 거라는 거 나도 안다고."

사토루가 말했다.

"당신과 레이첼이 공들여 개발한 세계니까. 그래서 다른 방안도 준비했네. 월드 삭제에 반대한다면, 계약을 파기해도 좋아. 합의금은 충분히 지급할 테니 걱정하지 말라고. 죽을 때까지 돈 걱정은 안 해도 돼."

빙빙 돌려 얘기했지만 업계 용어를 거두고 해석하면 '싫으면 짐 챙기고 꺼져'였다.

데이빗은 눈을 질끈 감았다. 그에게 대항할 카드가 나에게 있을까. 이마가 뜨거워질 정도로 머리를 굴려봤지만 헛수고였다. 당장 무슨 말을 내뱉더라도 사토루에겐 아무런 타격도 입히지 못할 것이다.

온몸을 짓누르는 무력감에 가슴이 울렁거렸다.

지금의 나는 아무것도 할 수 없다. 아무것도.

사 년 전. 레이첼이 죽은 직후만 해도 자신은 호리즌트를 지키기 위해서라면 무슨 짓이든 할 수 있었다. 노예 계약이나 다름없는 계약서에 도장을 찍었고, 결국 파라다이스 사로 들어갔다. 월드의 아이피도 헐값에 팔아넘겼다. 호리즌트만 지킬 수만 있다면, 서버를 유지할 수만 있다면, 다른 건 아무래도 상관없었다. 그 월드는 레이첼이 이 세상에 마지막으로 남긴, 여전히 살아 숨 쉬는 공간이자 발자취니까. 그녀가 인생의 마지막 몇 년을 바치면서까지 기어코 완성한 월드니까. 그런 소중한 유산을 고작 접속자가 낮다는 이유로 삭제하도록 놔둘 수 없었다.

하지만 그런 절박함도 이젠 옛날 얘기다. 세월이 흐를수록 그가 호리즌트에 접속하는 시간은 점차 줄어들었다. 고통스러웠기 때문이다. 월드를 누비며 추억을 회상하는 즐거움보다, 고글을 벗고 회색 벽을 마주했을 때 느끼는 고독감이 더 커져 버린 것이다.

그리고 지금.

마지막으로 호리즌트에 접촉한 날이 언제였는지 이젠 생각조차 나지 않는다.

"저기, 데이빗?"

사토루가 손목의 시계를 톡톡 두드렸다.

"빨리 결정 좀 해줄 수 있겠나? 1분 30초 후에 회의야."

긴 고민 끝에 데이빗은 고개를 들었다.

"아뇨, 됐습니다. 그렇게 하죠."

"정말?"

"어차피 삭제할 거면 제가 직접 하는 게 나으니까요."

이렇게 순순히 나올 줄 몰랐는지 사토루는 잠시 당황한 듯 보였지만, 곧 흡족한 미소를 머금고 고개를 끄덕였다.

"알겠네. 자, 그럼 앞으로 24시간 안에 호리즌트를 지우자고."

데이빗은 들어왔던 입구 옆으로 달린 출구를 향해 돌아섰다. 한 걸음, 한 걸음. 무거운 발걸음을 옮겼다.

어쩔 수 없다. 변화는 필연이다. 몸의 세포도 이백 일마다 완벽하게 바뀐다는데 세상이라고 다를까. 나가는 문을 여는데, 등 뒤로 사토루의 목소리가 텅 빈 공간에 울려퍼졌다.

"아, 서버 제거 작업은 루빈이 도울 거야."

***

실리콘밸리 외곽, 새너제이에 위치한 단층짜리 주택.

데이빗은 조심스럽게 현관을 닫은 다음 어지러이 꼬인 전깃줄을 밟으며 식탁으로 향했다. 다 식은 에스프레소가 테이블

위에 덩그러니 놓여 있었다. 난데없는 호출에 모닝커피 한 잔
도 제대로 마시지 못했다. 피곤하다. 나이 오십 줄에 접어드니
단순한 일에도 힘이 든다. 삐걱거리는 의자에 앉아 잔을 들었
다. 차갑게 식은 커피를 물끄러미 쳐다보다 목구멍에 휙 털어
넣었다. 산화된 커피의 퀴퀴한 향이 목을 타고 퍼졌다. 조심스
럽게 눈을 감고 뻣뻣해진 등을 뒤로 뉘었다. 숨을 천천히 들이
쉬고, 내쉬었다.

아아, 레이첼.

당신의 이름을 현실 세계에서 마주한 게 대체 얼마 만이지?

삭제까지 4시간 전

다음 날 아침.

몽롱한 기운을 느끼며 데이빗은 눈을 떴다. 푸른 물감을 끼
얹은 듯 쨍한 하늘이 그를 반겼다. 눈앞이 흐릿했지만 조금 기
다리자 안개가 걷히듯 시야가 맑아졌다. 소금기 머금은 바다
내음. 거대한 비닐봉지를 연신 흔드는 듯한 파도 소리. 눈앞에
'조정 완료' 표시가 떴다. 사용자의 오감을 가상세계와 연동하
는 데는 대략 십 초의 시간이 걸린다. 오랜만에 접속하는 경우
엔 지금처럼 이십 초.

데이빗은 몸을 일으킨 다음 주위를 둘러보았다. 자신이 깨어

난 데는 야자나무 사이에 걸린 해먹 위였다. 아바타는 어떨까. 손을 내려다보자 주름진 손이 거기 그대로 있었다. 따로 아바타를 설정하지 않았으니 서버가 원래의 몸을 구현한 것이다. 그는 손을 쥐었다 폈다. 그나저나 제법 진짜 같네. 감탄이 절로 나왔다. 레이첼이 그렇게 되고 나선 그동안 호리즌트는커녕 그 어떤 가상세계에도 발을 들이지 않았었다. 메타버스의 선두주자인 파라다이스 사의 직원 가운데 이렇게 구식인 인간은―그리고 그런 특권을 가진 인간은―아마 자신이 유일하리라.

"오셨습니까?"

데이빗은 소리가 난 쪽으로 고개를 돌렸다. 정장 차림의 노인이 함박웃음을 지으며 서 있었다. NPC(Non-Player Character)다. 코드 번호로는 KW-142. 일명, '바텐더'였다.

호리즌트―몰디브 구역 해변에 있는 앤티크 풍의 바. 밖에서 보면 아담한 크기지만 안으로 들어가면 70평 정도 되는 실내에 메인 테이블이 모습을 드러낸다. 벽에 붙은 유리 진열장에는 스위트 와인이나 빈티지 와인이 정갈하게 놓여 있다. 카운터 맞은편 벽에는 다트판이 걸렸고, 그 옆에는 의외의 물건이 하나 있다. '제임스 본드 총' 발터 PPK. 밑에는 '체호프의 총'이라는, 장난기 어린 문구도 적혀 있다.

바에 도착한 데이빗은 자리를 잡고 테이블에 팔을 걸쳤다.

'블러디 메리 한 잔'이라고 말을 마치기도 전에 잔이 슥 나왔다. 빠른 건 여전하구나. 데이빗은 가볍게 입을 축였다. 진하고 짠 맛이 나는 토마토 향과 풀초 특유의 싱그러운 향이 어우러져 입안에서 왈츠를 췄다.

"정확히 얼마 만이더라, 우리가?"

데이빗이 물었다.

"오 년 하고도 이백 일, 스물네 시간입니다."

대답을 듣자마자 데이빗은 곧장 시계를 체크했다. 오류는 없다.

이 세계, 호리즌트에는 총 백오십 명가량의 NPC가 존재한다. 다들 하나같이 빼놓을 수 없는 중요한 존재들이지만, 그중에서도 가장 특별한 NPC를 고르라면 당연히 바텐더를 첫손에 꼽을 것이다. 세계의 '현상 유지'를 관리하는 게 그의 임무다.

"혹시 어떤 연유로 들르셨는지 여쭈어봐도 되겠습니까?"

바텐더가 물었다.

"월드를 삭제하러 왔어. 그 전에 잠시 구경이나 해보려고."

그러시군요, 바텐더는 푸근한 얼굴로 미소 지었다.

월드를 삭제하러 왔어.

그 말은 인간으로 치면 킬러가 다짜고짜 권총을 들이밀고 '널 죽이러 왔어'라고 고백하는 것과 같다. 두려워할 만한 상황임에도 바텐더는 놀라울 정도로 태연해 보였다. 당연하다. 그는 인간이 아닌 AI니까. 자유 의지도, 살고 싶어 하는 의지도 없다. 유일한 목표란 그저 호리존트의 관리뿐이다.

"그럼 마지막으로 한 번 둘러보시겠습니까?"

바텐더가 물었다.

데이빗은 고민하는 척을 했다. 사실 '서버 클리너' 루빈이 올 때까지는 아직 한 시간이나 남아 있었다. 그런데도 굳이 일찍 나와 얼굴을 비춘 이유는 마지막으로 자신이 만든 세계를 둘러보기 위해서다.

그래, 잠시 동안 과거의 향수에 젖는 것도 나쁘진 않으리라.

"그렇게 하지."

"그럼 제가 가이드를 맡죠."

바텐더가 활짝 웃었다.

삭제까지 3시간 전

그들은 1908 러너바웃 포드 자동차를 몰고 월드를 드라이브하기 시작했다. 데이빗은 뒷좌석에 앉아 느긋하게 둘러보았다. 포드가 한 블록씩 지날 때마다 눈앞의 세계는 중국의 변검 공연처럼 차례차례 바뀌었다. 칼잡이 잭이 면도날을 쥐기 전 런던 화이트 채플의 싸늘한 새벽. 중공업이 발달하며 우후죽순 공장이 솟아오르던 19세기의 테네시 녹스빌. 버블이 터지기 직전 마지막 빛을 발하는 시부야 크로스로드. 언뜻 보면 일관성 없는 장소 선택이라 생각할 수 있겠지만 실은 나름의 일관성이 있다. 노스탤지어. 가본 적 없는 세계의 아련한 '향수'를 이용자들에게 선물하는 것이 '호리즌트'의 목적이다.

오랜만에 보시니 어떻습니까, 바텐더가 물었다.

데이빗은 좋네, 하면서 대충 고개를 끄덕였지만 실은 그렇지 않았다. 좋은 정도가 아니었다. 차가 첫 블록에 진입했을 때부터 가슴이 쿵쿵거렸다. 건물 하나하나에 눈길이 닿을 때마다 실타래를 당기듯 잊고 있던 과거들이 줄줄이 딸려 올라왔다. 저 건물들 하나마다 모델을 구현하기 위해 밤낮없이 얼마나 많은 시간을 쏟았던가.

'저녁—유동식 삽입 삼 분 전. 수락하시겠습니까?'

감상에 잠겨 있을 때 흐릿한 창이 눈앞에 떴다. 벌써 밥 먹을 시간인가. 데이빗은 잠깐 접속을 해제하고 저녁을 해결할까 싶었지만, 곧 마음을 바꿨다. 오랜만에 VR에 들어왔으니 안에서 식사하는 체험도 나쁘진 않으리라.

요즈음 VR 모델은 사용자의 몸속에 유동식을 삽입하는 시스템이 기본으로 탑재되어 있다. 하드코어 게이머들이 움직이지 않고 장시간 메타버스를 즐길 수 있도록 만든 기능이다. 그렇다고 그들이 아예 '밥'을 안 먹냐 하면 그렇지도 않다. 적어도 기술적으로는. 그들은 현실이 아닌 가상세계에서 음식을 먹는다. 식사 과정에서 느끼는 오감은 VR이, 식사 후의 포만감은 유동식이 만든다. 음식을 먹는 모든 과정과 조건을 완벽하게 구현한 셈이니 '밥을 먹는다'고 표현해도 무방하지 않을까.

이게 정상적으로 사는 거냐며 비난하는 이들도 있었지만, 데이빗은 이런 변화가 오히려 좋았다. 푸아그라를 먹기 위해 거위 입에 강제로 사료를 퍼붓고, 소고기 1kg을 위해 곡물 10kg을 낭비하지 않아도 되는 세상이 왔으니까.

데이빗은 식사를 위해 도쿄 구역에 들어섰다. 샐러리맨 NPC들과 어깨를 부딪히며 긴자 역 지하철 계단을 내려갔다. 개찰구 근처에 붉은색 전동차가 멈춰 있었다. 현실대로라면 저 열차의 다음 목적지는 이케부쿠로겠지만 호리존트에서는 아니다. 겉으로 얌전해 보이는 저 열차는 호리존트 내에 있는 수십 개의 구역을 연결하며 돌아다닌다. 각각의 역에 도착할 때마다 컨셉에 따라 겉모습 또한 바뀐다. 과거와 미래를 자유롭게 넘나드는, 일종의 타임머신인 셈이다.

하지만 여긴 기차를 타려고 온 게 아니다.

데이빗은 바라보던 기차에서 눈을 떼고 고개를 돌렸다. 마침내 진짜 목적지가 보였다.

고바야시 초밥집. 칠십 년도 더 된 전통을 자랑하며 미식가

들의 발길이 끊이질 않았지만, 도호쿠 대지진과 함께 그 역사는 끝나버렸다. 주인장이 가족을 데리고 여행을 겸해 미야기센다이시현으로 내려갔다가 변을 당했기 때문이다. 그로부터 몇십 년이 지나고 유족들의 허가를 받은 데이빗은 고바야시가 남긴 레시피를 토대로 맛을 비슷하게나마 구현하는 데 성공했지만, 나중에 보니 문제가 있었다. 아무도 그 맛에 관심이 없다는 사실이었다.

VR 플레이어들은 미각을 마음대로 조종할 수 있다. 설령 공기를 들이마시고 그것을 씹는다고 해도 상관없다. 창에 명령어만 몇 번 두드리면 입안에 두둑한 음식이 찬다. 미슐랭 쉐프가 선보이는 최고의 만찬을 언제 어디서든 맛볼 수 있는 것이다. 그뿐만이 아니다. 미각을 오십 배 증폭시켜 평범한 음식을 더 자극적으로 즐길 수도 있다. 이런 자유로움이 일반화된 세상에서, '전통' 타이틀을 내건 음식점은 더 이상 살아남기가 힘들어졌다.

하아, 데이빗은 손으로 참치 뱃살 초밥을 집으며 눈앞에 뜬 '호리존트 서버 통계표'를 보았다. 실시간 온라인 이용자 수는 1명이었다. 자신을 포함해서. 착잡했다.

"그동안의 서버 통계는?"

"지난 오 년간 호리존트를 이용한 고객 총 45명. 버그 혹은 크래싱은 총 0건. 그 외 특이점은 없습니다. 이상입니다."

맞은편에 앉은 바텐더가 아나운서처럼 또박또박 말했다.

설마 이걸로 끝인가 싶어 슬며시 고개를 들었다. 바텐더가 고개를 갸우뚱거렸다.

"혹시 묻고 싶으신 거라도?"

"아니, 아무것도 아냐."

데이빗이 말했다.

"아, 남은 거. 나머지는 네가 먹어."

알겠습니다, 바텐더는 망설임 없이 고개를 끄덕였다. 스시가 하나둘 사라졌다. 우물거리며 먹는 시늉을 하는 바텐더를, 데이빗은 노려보았다.

묘한 기시감.

그래, 그거다. 이 월드에 처음 왔을 때부터 그런 느낌이 들었다. 왠지 모르게 낯설었다. 건물뿐만 아니라 NPC, 심지어 바텐더마저.

몇 년 만에 만났다고 해도 바텐더는 익숙할 수밖에 없다. 그가 '직접' 프로그래밍한 초창기 NPC 중 하나기 때문이다. 성격이 어떤지는 당연히 잘 알고 있다. 능청스럽고 유머러스하며 약간은 반항기 있는. 하지만 지금, 눈앞의 '바텐더'는 어쩐지 거리감이 느껴졌다. 마치 다른 누군가 연기를 하는 것만 같다. 원인이 뭘까. 단순한 버그? 아니면…… 더미 바이러스?

바텐더가 갑자기 불쑥 고개를 드는 바람에 데이빗은 움찔했다. 뭐지, 싶은데 바텐더가 아이처럼 해맑은 미소를 지으며 빈 접시를 내밀었다.

"다 먹었습니다."

"아, 그래."

데이빗이 더듬거렸다.

"그럼 이제 일어나지."

바텐더와 함께 가게를 나섰다. 초밥집 문이 닫히며 벨이 딸랑, 흔들렸다. 풋풋한 흙냄새가 등 뒤를 맴돌다 천천히 사라졌다. 이제 이 냄새를 맡는 것도 마지막이라고 생각하니 갑자기 코끝이 찡해졌다. 뭐 하는 짓인지……. 일부러 고개를 숙이고 걸음을 재촉했다.

데이빗은 걷는 데만 집중했다. 이러지 마. 미련은 버려. 이제 다 끝이니까. 턱을 숙이고 자신에게 다짐하듯 중얼거리던 그때였다. 바닥만 내려보던 눈앞으로 가죽 신발이 불쑥 튀어나왔다. 고개를 드니 눈앞에 철갑옷을 두른 중세시대 기사가 떡하니 버티고 서 있었다.

삭제까지 2시간 30분 전

난데없는 상황에 데이빗은 말 그대로 얼어붙고 말았다. 철갑 기사는 둔한 몸짓으로 고개를 갸우뚱거리다 별안간 웃음을 터뜨렸다.

"아, 죄송합니다. 이런 차림이라 모르셨구나."

기사가 갑옷의 면갑을 위로 휙 올리자 신비로운 비취색 눈동자가 반짝거렸다.

"저예요, 저. 루빈."

"아, 너냐!"

데이빗은 허탈한 한숨을 쉬며 목덜미를 벅벅 긁었다.

실은 호리즌트에 들어오기 전, 녀석에 대해 자료조사를 조금 했다. 루빈, 스물다섯. 하버드대 출신의 촉망받는 젊은 소년은 대학을 졸업하기도 전에 파라다이스 사에 채용되었다. 이후 그는 괄목할 만한 성과를 거두며 차곡차곡 성공의 계단을 밟아 오르고 있다. 주 종목은 서버를 깔끔하게 청소하는 '서버 클리너'. 인상적인 이력이었지만 데이빗은 아직 루빈의 능력을 믿을 수 없었다. 특히 그의 삼촌이 사장 사토루라는 사실을 알고 나서는 말이다.

그런데 아니나 다를까, 첫인상부터 기대를 저버리지 않는다. 여러 의미로.

"대체 뭐야, 이 요란한 복장은?"

"아, 쩔죠? 일주일 전에 갓챠로 뽑았어요. 로그나이트에서 수천 달러를 지른 끝에……."

"죄송하지만 드레스 코드를 맞춰주시기 바랍니다."

바텐더가 미소를 머금고 정중하게 고개를 숙였다.

"다른 참가자들의 경험에 해가 되는 인상착의는 피해주시는 것이……."

루빈이 보란 듯이 인상을 찌푸렸다.

"뭔 소리야. 상관없잖아? 어차피 오늘 지워질 세계인데."

그러더니 녀석은 허리춤에 걸려 있던 장검을 뽑아 바텐더 앞에 이리저리 휘둘렀다. 그런 루빈을 보며 데이빗은 혀를 찼다. 귀찮은 녀석과 엮여버렸다.

"됐어, 그냥 넘어가지."

데이빗은 중얼거리듯 말했다. 이어 몸을 돌리고 지하철 계단을 마저 오르려던 그때.

그는 보았다. 아니, 본 것 같았다. 순식간에 바텐더의 표정이 무표정하게 바뀐 것을. 이거 뭐야? 데이빗은 반사적으로 고개를 돌렸지만, 바텐더의 얼굴에는 무슨 일이 있었냐는 듯 그저 미소만 가득할 뿐이었다.

***

"호리즌트의 삭제 방법에는 총 두 가지가 있어."

루빈을 데리고 몰디브로 돌아온 데이빗은 그와 함께 걷기 위해 근처 해변으로 내려갔다.

"하나는, 관리자 공간을 찾은 뒤 그곳에서 삭제 프로그램을 가동하는 것."

"관리자 공간이요?"

"그래, 관리자만 들어갈 수 있는 공간이야. 일종의 비밀 컨트롤 타워라고 보면 돼. 비상사태를 대비해 만들어놓은 최후의 보루랄까. 설령 해커에게 당해 관리자 권한을 빼앗긴다고 해도, 그곳에 들어가면 권한을 다시 복구할 수 있어."

"오호! 어디 있는데요, 거긴?"

"……몰라. 좌표를 종이 어딘가에 적어놨는데, 몇 년 전에 잃어버렸어."

여유 넘치는 미소를 유지하던 루빈의 얼굴이 순간 일그러졌다.

"그럼 두 번째 방법은요?"

"직접 관리자 권한으로 삭제하는 것. 사실 그게 제일 편하지."

"그러면 그렇게 하면 되잖아요."

"그렇지. 근데 그 권한이 나한테 없어."

"네?"

"관리자 권한, 나한테 없다고. 실은 박탈당한 지 꽤 됐지."

"잠깐만, 말이 안 되잖아요."

루빈이 고개를 휘휘 저었다.

"이 월드, 데이빗이 만든 거 아녜요? 당연히 관리자인 줄 알았는데……."

"관리자였지. 다만 다른 사람한테 빼앗겨서."

데이빗은 하얀 모래사장에 눈길을 던졌다. 루빈이 인상을 찌푸리며 끙, 소리를 냈다.

"그럼 그 사람을 찾아가서 다시 돌려달라고 하면……."

"그러고 싶어도 그럴 수 없어."

"왜요?"

"죽었거든."

***

장례를 치르고 얼마 지나지 않았을 때였다. 여전히 깊은 슬픔에서 헤어나오지 못하고 있는데, 회사 기술팀에서 갑작스레 연락이 왔다. 큰일이 생겼다고. 호리존트가 아무래도 해킹당한 것 같다고.

웃기지도 않은 소리라고, 데이빗은 생각했다. 그들은 월드를 설계할 때 디자인뿐만 아니라 보안에도 심혈을 기울였다. 그렇게 쉽게 뚫릴 리 없었다.

아무래도 회사 측에서 뭔가 착각을 했으리라. 데이빗은 그렇게 확신하고 호리존트에 접속했지만, 이내 눈을 의심할 수밖에 없었다. 자신의 아이디 옆에 붙어 있어야 할 관리자 딱지가 사라져 있었다.

권한을 박탈당한 것이다.

맙소사! 데이빗은 곧바로 집 밖으로 뛰쳐나갔다. 심장이 쿵쾅거렸다. 어떤 알지도 못하는 놈이 당장이라도 월드를 지워버릴 수 있다고 생각하니 미쳐버릴 것 같았다.

쉬지 않고 달려 파라다이스 사에 도착하자마자, 그는 곧장 데이터 센터로 뛰어들었다. 그런 다음 로그 기록을 쥐 잡듯이 뜯어보았다. 몇 시간이나 분석한 끝에 진실이 드러났다.

8월 15일 오후 9시 30분. 그녀가 죽기 하루 전, 데이빗의 관리자 권한이 박탈되었다.

두 번째 관리자에 의해.

레이첼에 의해.

***

"뭐, 그렇게 되면 남은 방법은 하나밖에 없네요."

루빈은 빤히 데이빗을 보았다.

"월드를 삭제하려면, 그 관리자 공간인지 뭔지를 찾으면 되는 거죠?"

"그렇지."

데이빗은 고개를 끄덕이고는 안도의 한숨을 내쉬었다. 이제야 알아들은 모양이다.

"저기, 근데……."

"뭐?"

"힌트는 없어요? 뭐 아무거나 상관없으니까……."

갑자기 두통이 몰려왔다. 데이빗은 엄지와 검지로 미간을 잡고 천천히 문질렀다. 힌트라니……. 맙소사, 이 녀석은 지금 상황을 무슨 게임 비슷한 걸로 착각하고 있는 게 분명하다.

데이빗은 루빈을 등지고 걷기 시작했다. 숨이라도 돌릴 생각으로 주위를 주욱 살폈다.

"저기요, 저 무시하기예요?"

루빈이 뒤에서 궁시렁거리며 뒤따르다 데이빗이 멈춰 서자 함께 우뚝 멈췄다. 데이빗의 눈이 어느 건물에 머물러서 떨어질 줄 몰랐다.

데이빗은 불현듯 머리를 흔들었다. 투명인간에게 페인트를 끼얹으면 이런 기분일까. 전혀 보이지 않던 무언가가 불쑥 떠올랐다. 아까부터 계속 자신을 괴롭혀온 기시감의 정체가 마침내 선명하게 드러난 것이다.

"……크래들. 크래들이 없어."

***

육 년 전, 호리존트 건설이 한창이었을 때 도시 전체를 부감으로 찍은 적이 있다. 홍보용 지도 팸플릿에 첨부할 사진이 필요했기 때문이다. 그 당시 만들었던 지도를, 데이빗은 눈앞에 띄웠다. 역시나! 안에는 '크래들'*이 있었다. 데이빗은 지도에서 눈을 돌려 앞을 보았다. 과거―서부 개척 시대 중간 지점. 크래들이 있어야 할 곳에는 그저 평범한 가죽 상점만 덩그러니 놓여 있다. 이렇게 '바꿔치기' 당한 대상은 크래들뿐만이 아니다. NPC도, 다른 건물도 부분마다 사라진 상태였다.

"맙소사!"

몹시 당황스러워하고 있는데 루빈이 불쑥 끼어들었다. 혼자 뭘 생각하시는 거냐고, 자신에게도 좀 알려달라고 입을 비죽거렸다. 데이빗은 달갑지 않았지만 그렇게 했다. 스스로 생각을 정리하는 차원에서.

녀석은 이야기를 듣고는 오, 하며 입을 동그랗게 벌렸다.

"뭐, 신기한 일이긴 한데. 대단한 일은 아니지 않아요?"

"뭐?"

"원래 바이러스에 걸리면 없던 게 생겨나기도 하고 있던 게 없어지기도……."

---

* 요람 혹은 아기 침대라는 의미이다.

"제대로 공부하고 온 것 맞아?"

데이빗이 버럭 소리치자 루빈이 겁먹은 강아지처럼 움츠러들었다.

"더미 바이러스는 지금까지 데이터 용량만 불렸어. NPC를 사라지게 만들거나 건물을 없애버리진 않았다고. 그러려면 무조건 관리자 권한이 필요해. 무조건! 다시 말해 이건 일어나선 안 되는 일이란 말이야."

"근데 뭐 건물 몇 채가 사라진 게 그렇게 큰일은…… 아니지 않아요?"

"더미 바이러스가 이런 능력까지 갖추고 있다면, 이미 바이러스에 감염된 '텐트폴 서버'들은 어떻게 될지 생각해봤어? 최악의 경우, 세계들이 줄줄이 파괴될지도 몰라."

세계의 연쇄적인 파괴. 그제야 사태의 심각성을 파악한 건지 루빈의 안색이 하얗게 변했다.

"그, 그래서 지금, 뭐 그 바이러스를 찾아서 없애자 이 말이에요?"

"물론 그럴 순 없겠지. 그 바이러스의 원리도 아직 파악하지 못한 상태니까. 하지만 이 세계는 내가 직접 창조했어. 구석구석까지 다 꿰고 있다고. 이 안에 변종 더미 바이러스가 숨겨져 있다면, 그리고 그 공간에 접근할 수 있다면 단서를 찾을 수 있을지 몰라."

루빈이 위태로운 미소를 지었다.

"저, 저기, 알겠는데 저희 이 세계, 두 시간 안에 삭제해야 하거든요? 우리 삼촌…… 아니, 사장님, 칼 같은 성격인 거 아시잖아요. 자칫하면 바로 모가진데."

그가 사장 운운하며 말하는 걸 보니 믿지 못하는 게 분명하다. 어차피 믿어줄 거라 기대하지도 않았지만 그래도 조금은 씁쓸했다. 이 녀석은 서버가 어떻게 되든, 어쩌면 지구가 멸망하는 상황 앞에서도 목적만 달성하면 된다고 여길 것이다.

"걱정하지 마, 마감을 넘기진 않을 테니."

대체 나는 왜 이러는 걸까. 데이빗은 생각했다. 큰일이 날지도 모른다며 난리를 쳐댔지만, 실은 진심이 아니었다. 더미 바이러스가 파라다이스 사의 게임들을 전부 헤집어도 자신은 꿈쩍하지 않을 것이다. 이놈의 회사에 애정 같은 건 조금도 남아 있지 않으니까.

그러니 냉정하게 생각하면 가만히 있는 게 최선의 방법이다.

그런데 왜 자신은 가만히 있지 못하는 걸까. 왜, 마지막까지 바이러스를 찾으려고 삽질을 하려는 걸까.

데이빗은 문득 이유를 깨달았다.

나중에 호리존트를 되새길 때마다, 그는 지금 이 월드를 떠올릴 것이다. 레이첼과 함께했던 추억 속 월드가 아닌, 바이러스에 범벅이 된 지금의 월드를.

그럴 게 뻔한데 아무것도 하지 않는다면, 나중에 밀려올 죄책감을 감당하지 못할 것이다. 왜 그때 최선을 다하지 않았을까, 그런 덧없는 후회를 하며 스스로를 자책하리라.

……그러기는 죽어도 싫다.

홀로 자책하는 거라면 이제 지긋지긋하니까.

***

데드라인은 대충 두 시간 정도. 그 안에 '변종' 더미 바이러스의 실마리를 찾아야 한다.

데이빗은 선명한 목표를 품고, 본격적으로 호리즌트 내부를 돌아다니기 시작했다. 가만히 있으라고 했지만 굳이 졸졸 따라오는 루빈, 바텐더와 함께.

포드의 보닛에 걸터앉은 그는 옷 앞주머니에서 큼직한 안경을 꺼내 썼다. 관리자용 안경이다. 이 안에는 서버 운영자에게 필요한 다양한 기능들이 탑재되어 있지만 그중에서도 당장 필요한 기능은 '데이터 용량 확인'이다. 보기만 해도 해당 건물을 구현하는 데 얼마만큼의 데이터가 쓰였는지 바로 확인할 수 있다.

잠시 후, 포드가 출발했다. 데이빗은 건물을 이리저리 둘러보며 계산을 시작했다. 테네시 쪽 대형 마구간은 21.5GB. 베니스 산마르코 광장을 구현하는 데는 4.101TB. 건물들의 용량을 실시간으로 더한 뒤, 그 값을 구역당 할당된 데이터 총용량에서 뺐다. 데이터 오차 범위가 있는 부자연스러운 공간이 바로 더미 데이터로 들어가는 입구이리라. 막연한 희망을 품은 채, 데이빗은 계산을 반복하고, 반복하고, 계속 반복했다.

삭제까지 1시간 전

젠장!

데이빗은 덮치듯 밀려드는 피로감을 느끼며 미간을 문질렀다. 가상공간에 현실의 '신체적 고통'은 구현하지 않았다고 해도 뇌가 지치는 것까지 막을 순 없다. 손에서 눈을 떼고 멀리 바라보았다. 이곳은 바비에도스에 위치한 도버 비치. 뙤약볕 아래 반짝이는 파도는 그의 삽질을 조롱하듯 해변을 쉴 새 없이 핥아댔다. 지금 막 허탕을 친 이곳이 호리즌트의 마지막 구간이다. 평생 할 분량의 덧셈과 뺄셈을 한 시간 만에 해냈지만 오차 범위는 없었다. 이렇게 된 이상 처음부터 다시 뒤져야 할까. 생각만 해도 숨이 턱 막혔다.

그래, 일단 숨부터 돌리자. 잔뜩 달아오른 머리를 식히기 위해 근처 정원으로 발걸음을 놓았다. 정원에 도착해 그는 건물을 위아래로 꼼꼼히 훑어보았다. 총 네 개의 층으로 이루어진 백색의 그리스 신전이다. 각 층 위로는 초록빛 나무와 꽃들이 하늘을 향해 불쑥불쑥 솟아 있다. 건물 꼭대기에서 쏟아지는 투명한 물줄기는 층 옥상에 설치된 수로를 차례차례 거치며 아래로 내려오고, 끝내는 바닥의 호수에 우아하게 안착한다.

바빌론의 공중정원. 호리즌트가 전성기였을 무렵 가장 인기가 많았던 곳이다. 존재했는지조차 논란이 끊이지 않아 데이빗은 회의적이었지만, '단순한 미스터리로 남기기에는 너무 매력적인 공간'이라며 레이첼이 적극적으로 제작을 밀어붙였다. 그녀의 판단이 옳았다. 이런 경이로운 광경을 눈앞에 두고 있는 지금, 공중정원의 실재 여부는 중요하지 않았다.

구석에 자리를 잡고 앉은 다음 느긋하게 감상을 하듯 보았다. 세찬 물줄기가 저 멀리, 끝없이 펼쳐지는 지평선을 수직으로 가르고 있었다. 눈을 감고 조용히 물소리를 들었다. 미세한 물방울이 몸에 조금씩 튀었다. 시원하다. 편안한 숨을 토해내려던 그때, 방해꾼이 끼어들었다.

"저기요, 이만하면 되지 않았어요? 이제 한 시간밖에 안 남았는데……."

루빈이었다. 삼 일은 굶은 길고양이처럼 초롱초롱 눈을 빛내며 자신을 쳐다보고 있다. 진짜 귀찮은 녀석이다. 뭐라 대꾸하려고 입을 열었다가 데이빗은 문득 생각했다. 지금 저 녀석의 눈에 나는 어떻게 보일까. 과거에 미련이 남아, 시간을 질질 끌며 일 초라도 여기 더 있으려는 늙은 꼰대.

데이빗은 루빈을 가만히 올려다보았다. 그의 말이 맞다. 남은 시간 안에 더미 바이러스의 비밀을 찾기란 불가능에 가까웠고, 그 사실은 그 누구보다 자신이 가장 잘 알았다. 하지만…….

포기하기 싫었다.

왜? 그런 스스로를 이해할 수 없었다. 더 이상 미련은 없다고 자신하지 않았나? 이제 와서 왜 이러는 거야? 복잡한 마음으로 고개를 들었다. 지평선 아래로 해가 가라앉고 있었다.

문득 아이디어 하나가 머리를 스쳤다.

"아니, 아직 가보지 않은 곳이 있어."

"하지만 시간이……."

루빈이 이를 악물었다.

"그곳을 마지막으로 하지."

데이빗이 루빈을 노려보듯 했다.

"정말이야. 약속할게."

루빈은 싫어하는 녀석과 짝꿍이 된 초등학생 같은 표정을 지었지만, 결국은 체념했는지 어깨를 으쓱였다.

"약속이에요, 그럼."

***

그들은 공중정원을 나선 뒤 녹스빌 구석의 낡은 신발 가게로 들어섰다. 데이빗은 거침없이 카운터 뒤쪽 벽으로 성큼성큼 다가갔다. 손으로 거칠거칠한 나무 표면을 문지르며 그는 확신했다. 그래, 이곳이다. 데이빗은 루빈에게 손가락으로 이리 오라고 신호했다.

"이 벽돌의 십자선을 손톱으로 열 번 긁어."

"왜, 왜요?"

"이거저거 묻다간 시간 다 간다."

미심쩍어했지만 루빈은 결국 시키는 대로 했다. 구시렁대며 집게손가락을 치켜들더니 벽 타일을 신경질적으로 긁기 시작했다. 그렇게 열 번을 마치고 '이제 만족하십니까?'라고 묻는 듯한 표정을 지은 순간.

툭, 루빈은 사라졌다. B급 영화의 투박한 편집처럼.

잠시 뒤, 데이빗도 같은 행동을 반복했다. 시야가 하얗게 번쩍이는 것과 동시에 몸이 아래로 확 가라앉았다. 사그락대는 소리. 데이빗은 아래를 내려다보았다. 방금 전까지는 삐걱거리는 나무판자를 밟고 있었는데, 지금은 이슬을 머금은 촉촉한 잔디가 발아래 깔려 있었다.

그는 고개를 들고 둘러보았다. 사방은 초록빛으로 빼곡했다. 잔디, 열대식물, 생전 처음 보는 거목들이 순식간에 펼쳐졌다. 이번에는 하늘을 보았다. 무수한 나뭇가지들이 하늘을 향해 팔을 뻗치고 있었다. 하늘을 겨누고 발사한 폭죽처럼, 무질서하면서도 동시에 자유로웠다.

"대체 여긴……."

소리 나는 곳으로 고개를 돌렸다. 먼저 도착한 루빈이 입을 쩍 벌리고 휘휘 둘러보느라 정신이 없었다.

"맵 바깥세상."

정확히 말하면 아까 그가 공중정원에서 보았던 지평선의 너머. 게임 속 '오픈' 월드는 오픈된 것처럼 보일 뿐 실은 무한하지 않다. 데이터의 한계 때문에 맵은 어느 순간 끝이 날 수밖에 없다. 그렇다고 정말 '끝'을 설정해버리면 역시 문제가 생긴다. 맵의 끝에 도달한 이용자들은, 어느 순간 깨달을 것이다. 이곳이 더 이상 '오픈' 월드가 아님을. 환상이 깨지는 것이다.

이런 딜레마를 막기 위해 대부분의 게임 회사는 꼼수를 쓴다. 어느 공간부터는 플레이어가 더 이상 나아가지 못하도록 맵의 경계를 골목길로 도배한다든지, 아니면 아예 바닷가로 세계 자체를 둘러싸버리는 식으로. 그런 다음 건너편에 빌딩이나 나무 따위를 세워서 이 세계가 '계속 존재한다'는 느낌을 어필한다. 그런 역할을 하는 공간이 바로 '맵 바깥세상'이다.

이러한 공간은 보통 게이머들이 절대로 들어갈 수 없게끔 프로그래머들이 막아놓지만, 데이빗에겐 아니다. 관리자로서 그는 호리즌트를 완성하기 전, 맵 바깥세상으로 향하는 몇 가지 치트 코드를 정해놓았다. 게임 이용자들이 절대 하지 않을 법한 행동 몇 가지를 트리거로 설정한 것이다.

"맵 바깥의 세상치고는 지나치게 현실적인데요?"

루빈이 연신 감탄했다.

"그래봤자 복사 붙여넣기야. 교묘해서 눈치를 못 채는 것뿐이지."

실제로도 그렇다. 눈치가 빠른 플레이어라면 알아챘으리라. 나무들은 언뜻 보면 자유롭게 배치된 것 같지만 실은 일정한 간격으로 반복되고 있다. 악보 위의 도돌이표처럼.

데이빗은 다시 글라스를 꼈다. 집중하자. 그는 전방을 노려보며 걸음을 옮겼다. 잎사귀를 밟아 그런지 자그락 소리가 계속 귓가를 간질였다. 2GB. 2GB. 2GB. 이곳은 타일 하나당 대략 2GB로 이루어져 있다. 발걸음을 옮기며 체크를 계속했다. 2GB. 2GB. 2GB. 같은 용량의 타일이 쉼 없이 반복되었다. 또 허탕인가 싶어 착잡하던 그때였다. 계속 2GB를 유지하던 타일이 어느 순간 91.3TB로 불쑥 늘어났다.

설마! 데이빗은 숨을 삼키고 문제의 타일 앞으로 달려갔다. 도착한 타일 앞에서 우뚝 멈췄다.

전율이 온몸을 훑었다. 모노리스*가 숲 한가운데 떡하니 놓여 있었다.

---

* 고대에 만든, 거대한 돌 기둥이나 첨탑을 말한다. 영화 「2001 스페이스 오디세이」로 유명해진 개념.

웬만한 오 층짜리 건물 규모는 되어 보이는 초거대 모노리스. 완벽한 균형을 자랑하는 은빛의 직육면체는 주변의 배경과 너무 동떨어져 있어 처음 봤을 땐 기괴하기까지 했는데, 보면 볼수록 두려움보다는 정체 모를 경외감이 데이빗의 마음을 물들였다. 그래, 이거다.

삭제까지 40분 전

조심스럽게 모노리스 바로 앞까지 다가가 손을 들이댔다. 빛을 발하던 모노리스는 순간 슬라임처럼 변하더니 데이빗의 몸을 삼켰다. 괴물의 목구멍으로 빨려드는 것 같은 질척한 감촉이 온몸을 덮었다. 불쾌감이 전신을 감쌌다가 천천히 사라졌다. 감았던 눈을 천천히 떴다. 검은 공간에 하얀 문 하나가 덩그러니 놓여 있었다.

데이터 총용량은 데이빗이 문에 접근할수록 폭발적으로 늘어났다. 98.3ZB, 100.1ZB. 여기다. 심장이 터질 듯이 두근거렸다. 문을 열기 위해 손을 뻗고 나서야 그는 깨달았다. 문손잡이가 쇠사슬로 잠겨 있다는 사실을. 왜 하필! 분해서 발이라도 구르고 싶던 그때였다.

"여기서부터는 제가 나설 차례인가요."

뒤쫓아온 루빈이 등 뒤에서 장검을 뽑았다. 데이빗이 말릴

틈도 없이, 녀석은 장검을 사슬 위로 내리쳤다. 순간 땡, 하는 경쾌한 소리가 울리더니 쇠사슬이 주르르 흘러내렸다. 그리고 아무 일도 없었던 것 같은 정적. 어이가 없어 데이빗은 피식, 웃고 말았다. 저 장난감 같은 게 결국 도움이 될 줄이야. 세상 일은 알다가도 모르겠다.

조심스럽게 문을 열었다. 칙칙한 회색빛 복도가 지하를 향해 죽 뻗어 있다. 그 끝에는 직사각형의 검은 심연이 호수처럼 고여 있었다. 저 안에 무엇이 기다리고 있을까. 함정이라면 어쩌지. 우물쭈물하는데 루빈이 씩씩한 걸음으로 그를 지나쳤다.

"겁쟁이네요, 아저씨도 은근."

갑옷으로 온몸을 무장해놓고도 그런 말이 잘도 나온다. 얼마나 씩씩하게 걷는지 벌써 복도 끝에서 코너를 돈 것 같았다. 쯧쯧, 혀를 차고 따라가려던 그때 우악, 하고 비명이 들렸다. 루빈의 목소리가 분명했다. 내 이럴 줄 알았다. 데이빗은 이를 악물고 복도를 뛰어 내려간 다음 곧장 코너를 돌았다.

"괜찮……."

데이빗은 말을 이을 수 없었다. 눈앞에 루빈이 멀쩡하게 서 있었기 때문이다. 지금 장난하냐. 한소리 하려고 했지만, 그보다 먼저 앞선 감정은 호기심이었다. 루빈이 입을 헤, 벌리고 멍하니 바닥을 보고 있었다. 뭔가 싶어 데이빗도 아래를 흘끔 내려다보았다. 그의 입도 루빈과 똑같이 멍청하게 벌어졌다.

"맙소사!"

그들이 서 있는 곳은 투명한 강화 유리 위였다. 발밑으로는 거대한 공원이 펼쳐져 있었다. 당연하지만, 평범한 공원이 아니다. 괴기한 형태로 일그러진 다차원 형태의 공원이다. 대략적인 형태조차 머리에 그릴 수 없을 만큼 복잡한 모양의 공원이 뭉쳐지고 흩어지기를 반복하며 끝도 없이 변이했다. 유심히 지켜보던 데이빗이 정적을 깨고 입을 열었다.

"정백이십포체야."

"정백…… 뭐라고요?"

"정다포체. 도형의 일종이지."

데이빗이 침착하게 말했다.

"간단히 말해 현실에서는 존재할 수 없는 종류의 도형이야. 누군가 그걸 이용해 일종의 공원을 만든 것 같아."

"포체고 뭐고 그냥, 보면 볼수록 묘하게 빨려드네요."

루빈이 입을 헤벌쭉 벌리고 중얼거렸다.

아래를 내려다보며 데이빗은 어렴풋이 미소 지었다. 이런 공간을 구현할 상상력과 능력을 갖춘 이가 그 사람 말고 또 누가 있을까.

혼자만 이해한 공대 유머를 해놓곤 배꼽을 잡고 깔깔거리던 그녀의 해맑은 모습이 떠올랐다. MIT 신입생 파티 때, 술김에 FBI 사이트를 해킹해 메인 화면에 릭롤링을 올려보겠다고 당당하게 선포하던 그녀의 모습도. 웃기는 소리라며 동기들의 비웃음을 샀지만, 곧 정말 성공해버렸고, 모두 겁에 질려 파티는 무산됐다. 나중에 그녀는 관람차에서 몰래 고백했다. 실은 FBI 사이트가 아니라 MIT 컴퓨터를 하루 전에 미리 해킹해두었다고.

"당연한 거 아냐? 잡히면 감방인데."

지적인 호기심과 장난기가 넘쳤던 그녀라면 이런 장난쯤은 충분히 해놓고도 남는다. 그녀가 생전에 남긴 마지막 온기를 이제라도 찾을 수 있어 다행이다.

"자, 이제 슬슬 나갈까."

데이빗이 중얼거렸다.

"네? 됐어요?"

루빈이 진심이냐는 듯 눈을 크게 떴다.

그는 고개를 보일 듯 말 듯 끄덕거렸다. 솔직하게 말하면 더 파고들고 싶다. 미치도록. 하지만 이 세계를 계속 붙잡고 있는다면 계속 과거에만 얽매여 있으리라. 그런 불길한 확신이 들었다. 그래, 0과 1로 이루어진 허상에 매료되어 허우적댈 시간은 더 이상 없다.

"하여튼 재밌었어요. 덕분에 이상한 구경 실컷 했네요."

루빈이 체념하듯 말하고 난 뒤였다. 느닷없는 파열음이 귀를 찢었다.

무슨 일인지 몰라 데이빗과 루빈은 반사적으로 서로를 쳐다보았다. 각자의 눈빛이 허공에서 마주치자마자 쩍 소리가 데이빗의 귓가에 꽂혔다. 아래를 보았다. 심장이 덜컥 내려앉았다. 그들이 서 있는 유리 바닥에 조금씩 금이 뻗어나가고 있었다. 떨어진다.

"당장 잡아."

데이빗은 목청껏 소리치며 루빈을 향해 손을 뻗었다. 루빈은 비명을 지르며 그의 팔을 꽉 붙잡았다. 와장창 소리와 함께 몸이 내려앉았다. 찰나와도 같은 순간, 데이빗은 눈동자를 굴려 명령어를 실행했다. /SPAWN.

삭제까지 30분 전

낙하하던 순간의 가속도를 그대로 품은 채, 둘은 해먹 위로 퉁 떨어졌다. 데이빗이 처음 눈을 떴던 몰디브의 해먹 위였다. 이곳을 초기값으로 설정해두어 천만다행이었다.

"대체 뭐죠, 방금?"

모래투성이가 된 루빈이 신경질적으로 소리쳤다.

"나도 모르겠어."

루빈이 웩, 토하는 소리를 냈다. 녀석은 바닥에 엎드린 채 몸을 꿈틀거리다가―다행히 호리즌트는 토사물까지 구현해놓지 않았다―철퍼덕 누워 신음을 흘렸다. 그러고는 중얼거렸다.

"대체 어떻게 된 건지 보셨어요?"

"아니."

데이빗이 고개를 저었다.

"너무 한순간이라."

하긴 그렇겠죠, 중얼거리는 루빈을 그는 흘긋 보았다. 거짓말이 들키진 않았을까. 약간은 불안했지만, 요란하게 속을 게위내는 녀석의 상태를 보고 안심했다.

***

한순간이었지만 데이빗은 보았다.

SPAWN 코드를 치고 엔터를 누르기 직전의 그 짧은 순간. 고개를 든 그의 눈에 비친 것은 막 등을 돌려 도망치고 있는 누군가의 뒷모습이었다. 검은 양복이 펄럭이며 코너 뒤로 사라졌다. 판도라의 상자는 끝끝내 열려버렸다. 바텐더였다. 도망치던 그의 손에는 해변의 바에서 보았던 '체홉의 총'이 들려 있었다.

***

"이언을 위하여!"

육 년 전, 호리즌트 개발 초창기 시절. 데이빗은 레이첼과 그렇게 외치곤 잔을 쨍 부딪쳤다. 손에 너무 힘을 준 탓일까. 자 줏빛 와인이 찰랑거리다 못해 왈칵 넘쳐흘렀다. 제 옷에 묻은 와인 자국을 보며 레이첼이 짓궂게 웃었다.

"나 너무 마셨나 봐."

그녀는 뜻 모를 말을 중얼거리며 옷에 묻은 와인 자국을 닦으려 애썼다. 그녀의 배는 둥그렇게 솟아 있었다. 임신한 여성이 술잔을 기울이는 걸 보면 현실에서 무책임하다고 손가락질받을지 몰라도 가상세계에서는 아니다. 몸에 해를 끼치지 않고 그저 '마시고 있다'라는 착각을 뇌에 전달할 뿐이니까. 아바타를 바꾸고 와도 되었지만, 레이첼은 이 몸을 고집했다. 임신 축하 파티인데 티를 내야지 대체 왜 숨기냐는 것이었다.

여러모로 끝내주는 한 해였다. 인디 게임이나 다름없던 호리존트 프로젝트는 파라다이스 사의 지원을 받아 본격적인 주력 게임으로 부상했다. 그뿐만 아니라 아기의 성별—그리고 이름—이 결정된 날이기도 했다. 여자 이름도 남자 이름도 미리 지어뒀는데, 성별을 듣고 마침내 이름을 정했다. 이언.

한바탕 놀아보자고 잡은 날답게 미친 듯이 마셔댔다. 세상에 존재하지도 않는 와인을 연신 마시고 또 마셔대며 웃고 울고 다시 웃기를 반복했다. 최고의 시간이었다. 레이첼이 바텐더에게 자신의 와인 잔을 건네기 전까지는.

"자, 마셔."

그녀가 몽블랑 잔을 내밀며 말했다. 아직 안정화 단계이던 바텐더는 와인 잔을 앞에 두고 어떤 반응을 보여야 할지 몰라 움찔거렸다. 난처한 처지의 바텐더를 보며 데이빗은 풋, 웃었다.

"그만 좀 해. 마네킹한테 와인 부어봤자 좋을 게 뭐 있어."

히죽거리던 데이빗은 곧 얼굴이 굳어버렸다. 그녀의 표정이 어느새 차가워져 있었다.

"내가 그런 말 하지 말랬잖아."

또 시작이군. 데이빗은 후, 한숨을 내쉬며 와인을 홀짝였다. 여느 때 같았으면 그녀의 말에 고분고분 굴었을 테지만, 어째 선지 그날따라 그러고 싶지 않았다. 말 잘 듣는 우등생의 갑작스러운 반항 같은 거였는지 모른다.

"그럼 뭔데? 조금 더 똑똑한 마네킹?"

데이빗이 으쓱였다.

"어차피 인간은 아니잖아."

"데이빗, 저들이 인간으로서 부족한 게 대체 뭔데?"

"글쎄…… 자유 의지도 자의식도 없다, 뭐 그 정도?"

두뇌에 대한 비밀이 풀린 지도 벌써 몇 년이나 흘렀다. 캐나다의 리빙스턴 교수의 두뇌 지도 가설을 필두로 전 세계 과학자들은 뇌의 비밀을 풀 수 있는 열쇠를 얻었고, 미스터리는 끝내 해결됐다. 완벽한 두뇌 지도가 만들어지고 몇 년 후, 전뇌 기술이 탄생했다.

완벽하게 두뇌를 스캔, 사이버상에 투영할 수 있게 되었다. 다시 말해 '완벽한 또 하나의 자신'을 사이버상에 투영할 수 있다는 사실을 의미했으며, 그뿐만 아니라 '평범한 인간의 뇌'를 모델로 만들어 상용화시킬 수 있다는 걸 의미했다.

그런 전뇌가 만약 자의식을 가지게 된다면 어떻게 되냐는 우려가 심각하게 대두되었지만, 정부의 판단은 재빨랐다. 앞으로 상용화될 평범한 '뇌 모델'에서 자유 의지를 담당하는 부분에 락을 걸었다. 시기, 질투 등 인간에게 부정적으로 받아들여지는 보편 감정 역시 잠금 대상이었다. 그런 과정을 통해 탄생한 것이 바로 저 NPC들이다.

데이빗이 마네킹이라고 판단하는 것도 그 때문이었다. 자유 의지도, 욕망도 없다. 석유 재벌을 맞이한 백화점 직원처럼 싱글벙글 웃기만 하는데 어떻게 인간이라고 할 수 있단 말인가. 그런 걸 지적하자 레이첼은 구겨진 호일처럼 얼굴을 찌푸렸다.

"젠장, 내 말이! 미친 정부 놈들. 그럴 거면 차라리 개발하질 말던가. 이게 중세시대 로보토미랑 다를 바가 뭐야? 인권 침해잖아."

"로보토미는 사람에게 행해진 거잖아. 0과 1이 아니라."

레이첼의 손에 들린 몽블랑 잔은 거의 바닥이 나 있었다. '다시 채우기' 명령어만 사용하면 될 텐데도 그녀는 제 손으로 꿋꿋이 와인을 따랐다.

"하긴, 당신은 관심도 없겠지."

"뭐가?"

"커튼이 닫히면, 이들이 대체 뭘 할지."

그런 알쏭달쏭한 말을 중얼거리더니 그녀는 싱긋 웃었다. 데이빗은 간단한 말인데도 알아듣지 못한 것처럼 찜찜한 기분이었다. 그녀가 한 말이 얼마나 의미심장한 말이었는지 당시의 그는 몰랐다. 그저 술주정으로 판단해버렸다. 괜한 싸움은 질질 끌지 말고 얼른 넘어가자고 생각하며 데이빗은 애써 미소 지었다.

"그나저나 이언한테 언제부터 호리존트를 구경시켜주면 좋을까?"

삭제까지 28분 전

"한 발짝도 못 움직이겠어요."

루빈이 누렇게 뜬 얼굴로 해먹에 누운 채 중얼거렸다. 아까 그런 경험을 한 뒤로 지금까지 이런 상태다. 공기가 갑갑하다며 갑옷 코스튬을 스스로 찢어버릴 정도니 정말 상태가 심각하긴 한 것 같다.

파라다이스 사에서 제공되는 코스튬은 기본적으로 '찢을 수 있는' 탈부착 시스템이 마련되어 있다. 찍찍이를 떼고 붙이듯

다양한 옷을 갈아입을 수 있도록. 아이템을 구매 또는 소유하고 있다면, 상품이 아무리 파괴되어도 몇 번이든 새것으로 바꿀 수 있다.

"부디 제 몫까지……."

이상한 말을 끝으로 루빈은 눈을 감았다.

일을 미루는 방법도 정말이지 가지가지구나. 데이빗은 혀를 끌끌 찼지만, 마냥 부정적으로만 생각한 것은 아니었다. 루빈이 가만히 있다는 사실은 다시 말해, 서버의 비밀을 풀 시간이 조금 더 생겼다는 걸 의미하니까.

"그럼 나는 관리자 시설이라도 좀 찾다 오지."

데이빗은 돌아서서 걷기 시작했다. 한 발 한 발. 그의 발걸음이 조금씩 빨라졌다. 루빈의 시야를 벗어나자마자, 데이빗은 달리기 시작했다. 녀석이 괜찮아지기 전에 한시라도 빨리 확인할 곳이 있었다. 바로 맨 처음 바텐더와 함께 블러디 메리를 마셨던 그 바.

놈이 있을까 싶어 조금 긴장했지만, 안에는 아무도 없었다. 하긴 그런 일을 저질러놓고 이곳에 태연하게 앉아 있는 것도 웃기겠다. 데이빗은 일부러 피식거린 다음 조심스럽게 관리자 안경을 썼다. 정다포체 공원 사건 이후로 분명해졌다. 놈은 진짜가 아니다. 그렇다면 '본래의 진짜'가 상주하고 있던 곳에 무언가 단서가 있지 않을까. 예상이 맞았다. 바 한가운데 서서 둘러보자, 한 곳에서 데이터 수치가 순간적으로 폭발했다.

그 앞으로 다가가 섰다. 와인이 잔뜩 진열된 벽을 자세히 보니 조그만 틈이 있었다. 손가락 하나 집어넣을 수 있을 정도로 작은 틈. 그 안에 손을 쑤셔 넣고 힘을 줘 벌리기 시작했다. 틈이 점점 벌어졌다. 데이빗은 이를 악물었다. 온몸의 힘을 다 쏟았다.

순간 벽이 덜컹, 소리를 냈다. 손에 느껴지던 육중한 무게감이 소리와 함께 날아가며, 스티로폼으로 된 문처럼 휙 열렸다. 열린 벽에는 성인 남성의 허리 정도 높이의 네모난 구멍이 있었다. 데이빗은 허리를 숙이고 조심스럽게 안으로 들어갔다. 어둠에 싸여 있던 방이 서서히 밝아졌다. 안경 위로 문구가 떴다.

'관리자 구역 진입'

흥분을 억누르며 천천히 둘러보았다. 가뜩이나 하얀 벽지에 새하얀 조명까지 더해지자 방의 경계가 완전히 사라진 느낌이었다. 완전한 백색 공간. 방구석에 놓인 테이블 위에는 낡은 매킨토시 노트북과 커피 잔이 놓여 있었다. 다가가 살펴보자 손잡이 부분이 살짝 깨져 있었다. 가슴에 온기가 퍼졌다. 그녀가 가장 좋아하던 커피 잔이었다.

희미한 미소를 머금은 데이빗의 눈에 포스트잇 쪽지가 들어왔다. 그러고 보니 벽에 용도 모를 메모가 잔뜩 붙어 있었다. 쪽지 하나를 뗀 다음 그걸 유심히 보았다. 프로그램 코드.

쪽지 위에 적힌 레이첼의 지렁이 글씨를 이해한 순간, 그의 심장은 걷잡을 수 없이 뛰었다. 한 장, 두 장, 데이빗은 포스트잇 쪽지를 떼어내고 또 떼어냈다. 머릿속에서 혼란의 소용돌이가 휘몰아쳤다. 그럴 리가 없다! 지금 자신이 보고 있는 광경이 사실일 리 없다고 쉴 새 없이 부정했지만, 눈앞의 문자들은 진실만을 가리킬 뿐이었다.

그는 연신 중얼거리며 서랍이란 서랍은 전부 열기 시작했다. 각종 서류와 공책들이 빼곡했다. 가장 위에 있는 노트에 붉은 글씨로 'TOP SECRET'이라 적혀 있었다. 일급 비밀문서에 일급 비밀이라고 쓰는 게 멍청하지 않냐며 항상 영화 클리셰를 놀리던 레이첼. 이 문서 역시 그녀의 수많은 인사이드 조크(Inside joke) 중 하나겠지만 쪽지의 내용을 본 지금은 웃고 싶은 마음이 전혀 생기지 않았다. 그의 예상이 맞는다면, 이 노트 안의 내용은 가치를 매길 수 없을 정도로 귀중하다. 아니, 그 정도 수준이 아니라…….

떨리는 손에 힘을 주고 노트를 펼쳤다. 그 안에는 '완성품'을 만들기 위한 갖가지 가설과 시도들이 적혀 있었다. 완성품은, 더미 데이터 바이러스였다.

삭제까지 6분 전

바닥에 주저앉아 놀란 가슴을 쓸어내리고 싶었지만, 시간이 없었다. 데이빗은 '특급 기밀'이라 적힌 노트를 쥐고 바깥으로 나섰다. 선명한 햇빛과 신선한 공기를 소화제 삼아 이 버거운 진실을 어떻게든 삼켜볼 생각이었다.

루빈과 마주치지 않도록 해변으로부터 멀찌감치 떠난 뒤, 근처 벤치에 자리를 잡고 조심스럽게 노트를 펼쳤다. 첫 페이지에 '누워서 보시오'라는 말이 써 있었고, 나머지는 전부 백지였다. 황당한 나머지 데이빗은 노트를 몇 번이고 뒤적였지만 정말 그게 다였다. 대체 뭐야, 레이첼! 하고 싶은 말이 대체 뭐냐고.

침을 꿀꺽 삼키며 손에 쥔 종이를 노려보았다. 이제 그에겐 두 가지 선택지가 있었다. 하나, 루빈에게 굴복하고 순순히 월드를 지운다. 아니면 둘, 마지막 남은 몇 분간 계속 아내의 발자취를 파고든다. 사막의 신기루처럼 금방 사라질 허상이라도.

잠시 생각한 끝에 데이빗은 고개를 들었다. 지금 이 미스터리를 풀지 않으면 평생을 두고 후회할 것이다. 그 흔적의 끝에 무엇이 있었을지 끝없이 상상하겠지만 진실은 알 수 없다. 최선을 다하지 않은 자신의 행동에 몇 번이고 미련이 남을 것이다.

결정했다. 또 다른 후회에 휩싸여 살고 싶진 않다. 그게 뭐가 되었든. 회사에서 잘린다고 하더라도.

갑자기 눈앞에 메세지가 떴다.

– 경고 –

월드가 삭제됩니다. 이용자분들은 월드를 정리해주시기 바랍니다.

30분 후 이용객은 자동으로 퇴장됩니다.

눈앞에 뜬 문구를 보고 데이빗은 기함했다. 아니, 그럴 리 없다. 회사의 거대한 암 덩어리였던 호리존트가 이렇게 쉽사리 삭제될 리 없다. 비밀번호를 알거나 관리자 권한을 얻지 않는 한 월드를 마음대로 삭제하기란 불가능할 텐데.

잠깐만. 설마…….

"그럴 줄 알았어요."

그 목소리를 듣자마자 데이빗은 무슨 일이 벌어지고 있는지 완벽하게 파악할 수 있었다. 노트를 잡은 데이빗의 손에 절로 힘이 들어갔다.

"저에게 뭔가 숨기는 게 있는 줄은 예상했는데."

루빈이 코를 문지르며 웃었다.

"다 알고 계셨죠? 관리자 구역 위치랑. 알면서 일부러 숨기신 거지."

이를 악물고 그를 노려보았다. 다 연기였던 건가. 갑옷 분장부터, 하나도 모르겠다고 찡찡거리던 것까지. 젠장! 데이빗은 자신이 방심했다는 걸 인정했고, 그래서 화가 났다. 세계의 이상함을 파고드느라 정작 자기 목에 칼날이 닿았다는 사실은 모르고 있었다.

"이해가 안 돼."

데이빗이 중얼거렸다.

"왜 굳이 이렇게 연기를 하면서까지…… 월드를 삭제하려는 거야?"

루빈은 안 되겠다는 듯 고개를 저었다.

"아까 말했잖아요. 우리 사장님 칼 같은 성격이라고. 데드라인 안에 삭제 못 하면 모가지라고. 오늘 일까지 망친다면 잘린다구요, 저."

"그러니까…… 고작 일 때문에?"

루빈의 몸이 번개라도 맞은 듯 우뚝 멈췄다. 잠시 정적이 흐른 끝에 목소리가 들렸다.

"그래, 당신한텐 고작이겠지."

루빈이 데이빗을 노려보았다.

"근데 나한테는 이게 전부거든. 이 거지 같은 월드 때문에 쫓겨날 생각은 죽어도 없어."

드디어 본색을 드러내는 건가. 처음과는 백팔십도 다른 루빈을 보자 데이빗은 소름이 돋았다. 루빈은 화를 참고 있는 건지 여러 번 후우, 한숨을 내쉬었다.

"근데 제가 방금 관리자 공간에서 뭘 한 줄 알아요?"

"빌어먹을 삭제 프로그램을 가동한 거?"

"아뇨, 세 개 더 있어요."

그가 이번엔 능청스레 웃었다.

"당신의 관리자 권한을 박탈했고, 꺼져 있던 통각 스위치를 켰을 뿐 아니라, 데이빗 씨에게만 백 배 더 증폭시켰어요."

"그 말은……."

데이빗이 멍한 표정으로 중얼거렸다.

"당신 정도 나이에 갑자기 그런 통증을 느끼면……."

루빈이 으쓱였다.

"뭐 형편없이 늙었다고 할 순 없지만, 그래도 위험하지 않을까요? 심장마비를 일으킬 수도……. 하긴 은둔 생활로 유명하시니까 아무도 신경 안 쓰겠지만."

사이코다! 긴장한 데이빗은 침을 꿀꺽 삼켰다. 이렇게 된 이상 자신에게 남은 패는 하나밖에 없었다. 이 카드를 언제 써야 할까. 지금? 그래, 지금.

루빈이 의기양양한 표정으로 다음 말을 내뱉으려는 순간 데이빗은 숨겨둔 패를 꺼냈다.

줄행랑. 곧장 뒤돌아 젖 먹던 힘을 다해 뛰기 시작한 것이다.

삭제 시작

사랑하는 이들에게 시간은 비정하고 잔혹해진다. 이를테면 이언. 녀석에겐 3분 30초의 시간이 주어졌다. 터무니없이 짧은 시간 동안 녀석은 모든 숨을 토해내고 세상을 떠났다. 슬픔을 채 다 삼킬 새도 없이, 시간은 곧장 다음 타깃을 정했다. 레이첼. 폐암, 이 주. 차가운 목소리로 그렇게 선고했다. 이 주라면 336시간. 오차 범위를 대충 2일로 계산한다면 그녀에게 남은 시간은 대략 288시간에서 384시간. 그 한 시간 한 시간이 지금 사라지고 있다.

파라다이스 사의 꼭대기에 위치한 사무실.

데이빗은 컴퓨터 화면을 노려보며 키보드를 신경질적으로 두드렸다. 시끄러운 키보드 소리가 허공을 성가시게 울렸다. 그사이에는 희미하게 부스럭거리는 소리도 섞여 있었다. 사무실 바닥에 널브러진 패스트푸드 포장지가 에어컨 바람 때문에 흔들리며 내는 소리다.

데이빗은 간간히 신음을 흘리며 뻐근해진 목을 스트레칭했다. 할 일은 산더미였다. 정체불명의 '미싱맨' 처리부터 월드 최적화까지. 도저히 끝날 것 같지 않았다. 그는 주먹을 꽉 쥐었다. 솔직히 말해 다 때려치우고 싶었다. 일하느니 손가락을 자르고 싶은 기분이었지만, 그래도 꾸역꾸역 할 수밖에 없었다. 레이첼의 소원이니까.

그녀는 말했다. 물론 죽지 않으려고 최대한 노력은 하겠지만, 그래도 죽게 된다면, 그 전에 호리즌트가 완성된 걸 보고 싶어.

데이빗의 손을 잡고 울먹거렸다. 제정신이 아니어서 얼떨결에 그러겠노라 약속했지만 지금 생각하면 분명하게 거절했어야 했다. 월드를 완성하려면 마감일까지 전력을 다해야 했으니까.

일을 마친 데이빗은 빨갛게 부은 손을 노려보았다. 천천히 손가락을 오므려 주먹을 만들었다. 눈을 감자 그의 손을 감싸 쥐던 그녀의 온기가 손 한가운데 아른거렸다. 문득 레이첼의 초췌한 얼굴이, 이언의 축 늘어진 몸이 떠올랐다. 젠장, 젠장, 젠장. 왜 나한테 하필 이런 일만 벌어지는 거지. 감정은 견딜 수 없는 고통이 되어 폐부를 찌르고 휘저었다. 치료제가 필요했다.

세 시간 후, 데이빗은 레이첼이 좋아하는 멜론 주스를 손에 들고 병실에 도착했다. 들어가기 전, 그는 유리창을 통해 병실 안쪽을 보았다. 데이빗의 눈이 화들짝 커졌다.

어두컴컴한 방 안. 레이첼은 VR 헤드셋을 낀 채 앉은 자세로 허공을 바라보고 있었다. 옆에는 파라다이스 사 제품이 어댑터로 연결되어 있었다. 황당했다. 당장 치료에 집중해도 모자랄 판에. 데이빗은 뭘 하는 거냐고 가서 따져 묻고 싶었지만, 곧 조금 더 현명한 판단을 내렸다. 가상세계에 직접 접속해 무엇을 하는지 직접 확인하기로.

데이빗은 그녀의 곁에 소리나시 않게 앉아 어댑터를 연결해 호리즌트에 접속했다. 아니나 다를까 '관리자' 한 명이 호리즌트에 접속해 있었다. 명령어를 통해 관리자의 위치를 자동으로 표시하는 나침반을 생성한 다음 빨간 침이 가리키는 곳을 향해 걸었다.

얼마나 걸었을까. 눈앞에 거대한 핑크빛 천막이 떡하니 나타났다. 산타가 거인이라면, 그리고 핑크를 더 선호했다면 저런 모자를 쓰고 다녔으리라. 입구 같은 문이 있길래 그 안으로 들어갔다. 레이첼이 보였다. 그녀는 허공에 디자이너 툴을 띄운 다음 건물 안을 꾸미고 있었다.

데이빗의 기척을 느꼈는지 그녀는 순간 몸을 움찔했지만, 이내 아무렇지도 않다는 듯 하던 일을 이어갔다. 정적을 깨고 데이빗이 물었다.

"뭐야, 여긴?"

"크래들."

레이첼은 당연하다는 듯 대답했다.

크래들. 요람. 그게 대체 무슨 의미냐고 물으려던 그때 인형이 보였다. 거대한 인형이 허공에 줄로 매달린 채 천천히 회전하고 있었다. 그제야 이 공간의 정체가 선명하게 이해가 됐다. 이곳은 단순한 산타의 모자 안이 아니다. 거대한 요람 속이다. 죽은 이언을 위한.

맙소사! 아직도 이언의 죽음에서 벗어나지 못했단 말인가. 그래도 그렇지 이건 너무 심하다. 데이빗은 힘겹게 중얼거렸다.

"이 세계를 우리 아이에게 헌정하기로 했잖아. 그것만으로도 충분하지 않아?"

레이첼이 천천히 고개를 돌려 데이빗을 마주 보았다. 그 눈에 담긴 감정이 슬픔인지 분노인지 종잡을 수 없었다.

"그만하자."

데이빗은 목소리를 높였다.

"그게 우리에게도, 이언에게도 좋을 거야. 대신 다른 걸로 바꿔보자. 차라리 다른 공간을 하나 더 만들어서⋯⋯."

"안 돼."

레이첼은 결의가 담긴 눈빛으로 데이빗을 보았다.

"이곳만큼은 포기할 수 없어."

"왜?"

데이빗은 얼이 빠져 물었다. 레이첼은 무언가 말하려는 듯 입을 뻐끔거렸지만 결국 포기하듯 고개를 푹 숙였다.

"지금은 말할 수 없어. 하지만 언젠가는 알게 될 거야. 약속할게."

약속은 지켜지지 않았다. 삼 일 후, 그녀는 세상을 떠났다. 오차 범위 훨씬 전이었다.

***

"야, 안 멈춰!"

루빈이 버럭 소리쳤다.

데이빗은 그를 등진 채 뛰고 또 뛰었다. 놈이 바싹 붙어 추격했지만 먼저 선수를 친 덕에 충분히 거리를 벌릴 수 있었다. 그렇다고 안도하기엔 이르다. 호리존트는 좁으니까. 지금 상황은 아무리 좋게 봐줘도 초등학교 운동장에서 술래잡기하는 격이나 마찬가지다. 숨지 않으면 언젠가는 잡힌다.

어디 좋은 곳이 없을까. 달리며 이리저리 둘러보던 데이빗은 자기 눈을 의심했다. 거대한 분홍빛 모자가 보였다. 크래들이다. 사라졌던 건물이 시치미를 떼고 우뚝 서 있었다. 말도 안 돼, 데이빗은 중얼거렸지만, 지금은 말이 되고 안 되고를 떠나일단 숨어야 했다.

크래들 안으로 몸을 던져 넣었다. 푹신한 벽에 몸을 파묻고 나서야, 데이빗은 자신이 세상에서 가장 멍청한 선택을 했음을 깨달았다. 맙소사! 왜 이따위 이상한 시설에 숨었을까. 제발로 잡아가라고 비는 꼴이나 다를 게 없다. 어처구니없는 선택을 후회했지만 되돌리기엔 이미 늦었다.

루빈의 발소리가 점차 가까워졌다. 끝이다. 체념하고 눈을 질끈 감았다. 긴 정적. 놈의 발소리는 그대로 크래들을 지나치더니 서서히 흐려졌다. 데이빗은 눈을 크게 떴다. 하느님, 감사합니다. 긴장이 풀리는 것과 동시에 다리가 후들후들 떨렸다. 바닥에 천천히 엉덩방아를 찧으며, 그는 참았던 숨을 한 번에 토해냈다.

지도를 보았다. 달리는 사이에 여기저기 구겨지거나 찢어져 거의 걸레짝이나 다름없었다. 어쩔 수 없지. 한숨을 쉬고 다시 지도에 눈길을 주었다. 뭘까. 주저앉아 생각하기 시작했다. 관자놀이가 지끈거릴 정도로 머리를 굴렸지만 가느다란 실마리조차 떠오르지 않았다. 답답해 숨이 막힐 지경이었다. 예전의 내게서 뇌세포를 좀 빌려 올 수만 있다면 좋을 텐데.

종이를 움켜쥔 채 크래들의 바닥에 풀썩 드러누웠다. 하늘을 보자 빙글빙글 돌아가는 세 개의 인형이 있었다. 인형에 온 신경이 빼앗기자 다시 아이로 돌아간 듯한 착각이 들었다. 아니, 잠깐만……

데이빗은 인상을 찌푸렸다. 처음에는 멀쩡해 보였지만 자세히 보니 이상했다. 인형이 달린 간격. 위치만 놓고 보면 삼각형의 꼭짓점 모양이었지만 그 간격이 일정하지 않았다. 일그러진 삼각형이었다. 완벽주의자인 레이첼이 저런 실수를 할 리가 없다. 의도적인 걸까. 공원도 굳이 정다포체를 만들 정도로 그녀는 균형에 집착했는데.

누워서 보시오. 문득 지도에 적힌 그 문구가 떠올랐다. 설마……. 몸이 뭔가에 홀린 듯 자동으로 움직였다. 데이빗은 지도를 쥔 다음 하늘에 번쩍 들었다. 인형의 꼭짓점에 맞추어 지도를 천천히 위아래로 움직였다. 어느 순간, 척추에 전기충격기를 꽂은 듯 찌릿한 감각이 온몸을 관통했다. 인형의 간격은 호리존트의 지하철역과 완벽하게 일치하고 있었다. 그리고 인형의 마지막은, 지도의 빈 여백에 검은 점을 그리고 있었다.

이곳이다. 더미 데이터로 향하는 마지막 길이!

시끄러운 알람 소리가 돌연 허공을 찢었다. 간담이 서늘했다. 세계가 삭제되기 전까지 얼마 남지 않았다. 데이빗은 초조한 마음으로 허겁지겁 일어났다. 서둘러야 한다. 연구자가 새로운 발견을 하면 으레 그렇듯이, 몸 어딘가에서 아드레날린이 폭포처럼 뿜어져 나오기 시작했다. 맙소사, 마음만 먹으면 하늘도 날 수 있을 것 같은 기분이었다.

***

데이빗이 플랫폼에 도착하고 나서 거의 즉시, 증기기관차는 '미래'역을 향해 출발했다.

정말이지 간발의 차였다. 꿉꿉한 나무 냄새와 희미한 시가 냄새가 쿵쿵거리는 심장을 조금씩 가라앉혔다. 루빈, 그 자식 때문에 열받아 죽는 줄 알았다.

어느 정도 진정한 그는 차창에 얼굴을 갖다 댔다. 고개를 돌려 뒤쪽을 보자 건물들이 하나둘 검은 도형 안으로 빨려 들어가며 사라지고 있었다. 프로그램을 시작한 이상 멈출 방법은 없다. 비유하자면 고기 분쇄기에 실수로 발을 집어넣은 상황과도 같다. 아무리 소리를 쳐본들 쇳덩이들은 계속 굴러가고 또 굴러간다. 마침내 모든 세계를 조각낼 때까지.

문득 바텐더가 떠올랐다. 그 자식의 정체는 대체 뭘까. 처음 떠올린 가능성은 당연히 '트롤'이었지만 다시 로그 기록을 체크해봐도 온라인 이용자는 루빈과 자신뿐이었다. NPC 주제에 이용자를 해친다는 사실이 도저히 말이 되지 않는다. 생각에 빠져 허우적거리고 있는데 기관차 소리가 요란하게 울리며 정신을 번쩍 깨웠다. 기차가 미래역에 도착한 것이다.

창밖을 보자 호리즌트의 '미래' 구간이 보였다. 이 공간이야말로 레이첼과 데이빗이 가장 고민한 구간이었다. 아무리 미래를 만든다고 한들 어느 순간 그것은 현재 또는 과거가 되고 만다. 한계를 뛰어넘을 참신한 무언가가 필요했다. 봉착에 빠진 그때 레이첼이 아이디어를 떠올렸다. 과거 인간들이 상상했던 미래를 구현해보면 어떨까.

그 광경이 지금 눈앞에 펼쳐져 있다. 날개를 단 마차가 하늘을 날고, 고래가 잠수정을 끌며 호수를 누빈다. 전체적으로 스팀펑크 같은 분위기가 물씬 풍기는 도시지만 자그마한 아스트랄함이 양념으로 약간 첨가된 느낌이다.

탑승객은 전부 내려주십시오. 지금부터 다시 과거역으로 출발합니다.

안내방송이 흘러나왔지만, 데이빗은 그 자리에 앉은 채로 가만히 눈을 감았다. 제발 이 기차가 정말로 과거역에 도착하지 않기를. 제발 그 사이코가 이 기차에 오르지 않기를. 빌고 또 빌었다. 그보다 더 최악의 가능성은 생각하지도 못한 채.

순간 누군가의 손이 그의 어깨를 불쑥 움켜잡았다. 어, 소리를 내며 돌아보려는데 뭔가가 휙 얼굴 앞으로 날아왔다. 주먹이었다. 백 배의 통각이 안면에 내리꽂혔다. 코끼리에게 얼굴이 짓밟혀 얼굴 반쪽이 박살 난 기분이었다. 코를 부여잡으며 데이빗은 바닥에 쓰러졌다. 루빈인가. 간신히 눈을 뜬 그는 상대를 보고 헉, 숨을 집어삼켰다.

"내려."

바텐더가 중얼거렸다.

"당신 같은 외부인이 올 곳이 아니야."

다시 기관차 소리가 요란하게 들렸다. 기차가 출발한 것이다. 기차는, 데이빗의 바람대로 움직이기 시작했다. 뒤로 가지 않았다. 대신 앞으로 향했다. 미래의 미래로. 맵 밖으로. 아무도 닿지 못한 미지의 영역으로.

에이, 바텐더는 분을 삭이려는 듯 옆에 놓인 의자를 걷어찼다. 그러더니 이글거리는 눈빛으로 데이빗을 돌아보았다.

"바이러스 자식들, 진짜 짜증 난다니까."

그는 한 손으로 데이빗의 먹살을 잡아 들어 올리더니 성큼

성큼 기차의 출입문 쪽으로 향했다. 그제야 자신을 집어 던질 생각이라는 걸 알아차렸다. 고작 얼굴 한 대 맞았는데도 이런데 어디 뼈라도 한 군데 부러지기라도 하면 그 고통은 어느 정도일까. 다른 건 몰라도 백 퍼센트 사망은 확실하리라. 데이빗은 하얗게 질려 소리쳤다.

"저기, 잠깐. 바텐더. 나야, 나라고. 데이빗."

"어쩌라고."

바텐더는 발로 기차의 문짝을 쾅 걷어찼다. 열차의 문짝이 떨어져 나갔다. 거센 바람이 열차 안에 휘몰아쳤다. 온몸의 살이 떨렸다. 이대로라면 죽는다. 데이빗은 이를 악물고 옆에 있던 기차의 문틀을 걷어찼다. 최대한 문에서 멀리 떨어지기 위해서였다.

기차가 왼쪽으로 쏠렸다. 무게중심을 잃은 둘은 동시에 쓰러졌다. 데이빗은 바닥에 얼굴을 처박았다. 백 배의 충격. 아악, 비명을 지르는 동시에 기차의 요란한 고동 소리가 귀청을 울렸다.

잠시 후, 데이빗은 신음을 내지르며 고개를 돌렸다. 눈앞의 광경에 그는 절망했다. 바텐더가 어느새 일어나 주먹을 허공에 쳐들고 있는 것이다. 그래. 차라리 죽여라. 곧 닥칠 고통의 파도에 대비해 그는 얼굴을 있는 대로 찌푸렸다. 순간 바텐더의 동작이 그대로 얼어붙었다.

"……네?"

바텐더는 별안간 허공을 보더니, 혼란스러운 표정을 지으며 데이빗을 흘끔거렸다. 잠시 망설이는 듯하더니 그는 한숨을 쉬며 중얼거렸다.

"……아, 알았어요."

그러더니 몸을 돌려 어디론가 가려는 듯했다. 설마 지금 날 두고 가려는 건가. 분위기를 보아하니 그런 것 같았다. 안 된다. 물어볼 것이 많다. 데이빗은 팔을 뻗어 있는 힘껏 바텐더의 옷깃을 붙잡았다. 찌지직, 소리가 들렸다. 맙소사, 그는 중얼거리며 눈을 번쩍 떴다. 탈피하듯 노인의 허물을 벗으며 도망친 것은 초등학생 정도 되어 보이는 땅꼬마 소년이었다.

**

시간이 흘렀다. 거센 바람을 맞으며 기차 바닥에 널브러져 있는데 갑자기 바람이 멈추었다. 우주에 표류라도 된 듯한 섬뜩한 정적. 고개를 들었다. 태초에 모든 것이 그러했듯 사방은 무(無)로 가득했다. 검은색도 하얀색도 존재하지 않는 그저 완벽한 무. 그때였다. 갑자기 색깔이 하나둘 어둠 속에서 찬란하게 빛나기 시작했다.

하나, 둘, 셋, 여섯, 이어서 셀 수도 없을 만큼 그 수가 커졌다. 데이빗은 도저히 견딜 수 없어 눈을 질끈 감았다. 번쩍, 번쩍, 번쩍. 섬광은 눈을 감아도 눈꺼풀 앞에 투영될 정도로 찬란하게 빛났다.

순간, 모든 게 멈췄다.

데이빗은 천천히 눈을 떴다. 기차 너머에는 푸르고 화창한 하늘이 펼쳐져 있었다. 아무리 맑은 하늘을 드리운 호리존트라도 여기에 비하면 칙칙한 날씨에 불과했다. 경이로운 광경에 그는 아래를 내려다보았다. 밑에는 각종 부품이 바닥에 널려 있었다. 부서진 고철덩이들, 나무판자들, 쓰레기들이 대규모 쓰레기장처럼 얽히고설켜 있었는데, 미스터리 서클처럼 일종의 패턴을 형성하며 기묘한 모양을 유지하고 있었다. 폐물의 허공을 달리던 기차는 서서히 속력을 늦춘 다음, 부둣가처럼 길게 튀어나온 나무판자길 위로 우아하게 안착했다.

기차가 완전히 멈추자 안내방송이 울렸다.

그린 룸에 오신 것을 환영합니다.

기계적인 목소리가 아닌 누군가의 음성이었다. 이 역시 프로그래밍한 적 없는 부분이었지만, 상관없었다. 데이빗은 더 이상 생각하기를 포기했다. 일단은 일어서고 싶었다. 후들거리는 다리를 휘청이며 몸을 일으켰지만, 견딜 수 없는 통각 때문에 몇 번이나 넘어졌다.

"또 보네. 지긋지긋하지도 않아요?"

데이빗이 천천히 돌아섰다. 또다시 바텐더였다. 당신은 방금까지 여기 있었는데. 데이빗은 반사적으로 발밑을 보았지만, 아까 소년이 입고 있던 바텐더의 허물이 여전히 그대로 널브러져 있었다. 문득 한 가지 사실을 눈치챈 그는 헛웃음을 흘렸다. 이쪽이 '진짜'였다.

"이게 대체……."

바텐더는 데이빗의 몸을 부축하는 동시에 그의 말을 끊었다.

"행동 먼저. 질문은 나중에."

NPC답지 않은 녀석의 똑부러진 대답에 데이빗은 피식 웃었다. 그래, 이래야 바텐더지. 당장이라도 묻고 싶은 질문이 산더미였지만 녀석의 성격을 고려하면 대답을 듣기는 포기하는 게 나았다. 그리고 로마에 왔으면 로마법을 따라야 한다지 않았던가. 데이빗은 바텐더의 뒤를 따라 조심스레 걸었다. 아니, 조심해서 걸을 수밖에 없었다. 앞에 펼쳐진 광경이 상상을 초월했기에.

하늘로 무한히 뻗은 한옥의 탑. 그 옆에 설치된 거대 건축물. 두 개의─태엽 장치로 가득한─손이 갖가지 동물이나 사람의 모습을 흉내 내며 거대한 무용을 선보이고 있었다. 황홀한, 살면서 한 번도 보지 못한─상상조차 하지 못한─건물들을 시나 그들은 홀로그램 미술관 앞에 도착했다.

"이곳을 통과하면 빠릅니다."

바텐더가 중얼거리더니 거침없이 그 사이를 통과하기 시작했다.

　데이빗은 망설였지만, 용기를 내 그를 따라갔다. 미술관을 통과하며 수많은 홀로그램 작품들이 그의 몸을 통과했다. 아마존의 숲을, 우주의 한가운데를, 고대 공룡의 알 속을, 레바논 카르카에 위치한 정겨운 마을의 교회 근처를 걸었다. 감정, 감정, 감정. 미술관을 빠져나오자 데이빗은 거의 진이 빠져버렸다.

　저기 있습니다, 바텐더가 어딘가를 가리켰다. 마지막 힘을 쥐어짜며 고개를 들었다. 이번엔 또 대체 뭘 보여줄까, 일말의 기대감을 품으며. 그리고 보았다. 그 건물을. 카페 뤼미에르. 그녀와 처음 만난 바로 그곳. 더 이상 갈 수 없어 슬프지만, 소중한 과거 하나가 흔적도 없이 사라진 느낌이라 쓸쓸하지만, 그래서 그 자체로 더 아름답고 찬란하게 빛나는 감정.

　노스텔지어를 느끼며, 데이빗은 뤼미에르에 들어섰고, 이어 다시는 살아서 들을 수 없으리라 확신한 목소리를, 들었다.

　"어서 와, 데이빗."

***

　어서 와, 데이빗. 오랜만이야. 당황하면 멍해지는 얼굴은 여전하네.

자, 여기 앉아. 오느라 정말이지 수고 많았어.

음, 어디서부터 얘기하면 좋을까. 아마 나를 마주한 지금, 당신의 머릿속에는 수많은 물음표가 가득하겠지. 내 앞에 아내를 똑 닮은 이 여자는 누구고, 옆에 나란히 서 있는, 깨물어주고 싶게 귀여운 소년은 누군가. 왜 레이첼 이 여자는 세상을 떠들썩하게 만든 더미 바이러스를 만든 것일까. 혼란스러울 거야. 걱정하지 마. 아주 간단하게 설명할 수 있으니까. 오히려 진짜 걱정되는 건 당신이야. 이 버겁고 불편한 진실을 받아들일 수 있을까? 난 당신이 그럴 수 있을 거라 믿어. 그만한 포용력을 가지고 있다는 걸 아니까.

어디 보자. 이 수많은 질문에 대한 답을 내놓으려면, 일단 예전으로 돌아가야 해. 그러니까…… 호리즌트를 개발하던 초창기 때로.

그때 우리에겐 우리가 만난 이래로 가장 행복한 일이 벌어졌지. 맞아, 이언이 생긴 거야. 의사에게 걱정할 거 없다는 말을 들은 그날 저녁, 우리는 호리즌트에서 간소한 축하 파티를 열었어. 정말 행복했지? NPC의 개념과 관련해 작은 말싸움을 하기 전까진 말이야.

아마 당신은 그때 의아했을 거야. 왜 고작 NPC를 가지고 이렇게 느닷없다 싶을 만큼 열을 낼까. 임신 때문에 감정 억제가 안 되는 거 아냐, 그렇게 생각했을 거 같은데. 맞지? 하하, 표정

134

을 보니 딱 맞췄네. 그래, 물론 호르몬 탓도, 알콜 탓도 있었겠지만, 그때 정말로 화가 난 이유를 나도 아직도 분명히 기억하고 있어. 그 당시 NPC의 매력에 푹 빠져 지냈거든.

처음에는, 단순한 호기심이었지. 커튼이 닫힌 뒤 그들은 무엇을 할까. 가상세계라 해도 결국 낮과 밤이 있고, NPC라고 해도 그들에겐 각자의 집이 있잖아. 그 안에서 과연 어떤 생활을 할까, 궁금했어. 하지만 찾아낸 결과는 실망스러웠지. 그들에게 있어 삶이란 연기와 강제된 잠이 전부였던 거야.

그래서 약간은 장난스러운 실험을 해봤어. 시판된 AI 두뇌 모델 그리고 뉴럴링크 강좌 내부생에게만 공개된 구버전 두뇌 모델을 비교 분석해서 자유 의지를 담당하는 부분이 어디인지 분석하기 시작한 거야. 더럽게 머리 아픈 틀린 그림 찾기였지만, 당신도 내 집념을 알잖아. 끝내 성공했어. 아, 완벽하진 않았지. 사라진 '부정적인' 감정 부분은 복구할 수 없었거든. 근데 굳이 AI에 성욕이라든지 복수심 따위를 부여해야 하나 싶기도 했고.

하여튼 인공지능의 폭주 위험성은 알고 있으니까 곧장 자유 의지에 제약을 뒀지. '플레이어에게 만족을 준다'라는 목표는 하루 중 열여덟 시간으로 하고, 나머지 여섯 시간만 자유 의지를 가질 수 있도록 한 거야. 자, 이제 어떻게 될까. 두근거리는 마음으로 기다렸어. 그리고 그 결과는, 내 상상을 초월

했지. NPC들은 점차 시뮬레이팅 되지 않은 대사를 내뱉기 시작했고, 서로 간의 교류를 통해 자기만의 고유한 자아 정체성을 확립했어.

그뿐만이 아냐. 처음에는 기본 언어인 영어를 썼지만, 하루도 지나지 않아 감정을 함축하는 단어를 스스로 만들어 쓰기 시작한 거야. '작업 끝나고 이따 같이 호리존트에 가서 산책이나 할래?'가 한 단어로 표현될 수 있다니, 놀랍지 않아? 뭐, 나중에는 그 한 단어조차 필요 없게 되었지만.

NPC들은 언어뿐만 아니라 예술품도 창조하기 시작했어. 인간의 정보 습득력과는 차원이 다른 속도로 모든 종류의 미술을 섭렵한 다음, 그것을 변형해 독창적인 예술품들을 하나하나 만들어낸 거야. 그건 정말이지⋯⋯ 딱히 할 말이 없네. 그냥 예술이었어. 그래, 여기 오면서 봤지? 이들의 생산력은 그야말로 무한한 동시에 폭발적이어서, 몇 달이 채 지나지도 않아 금세 자원이 동나버렸어. 결국 기존의 예술품을 해체하거나, 아예 호리존트의 자재를 몰래 가져가 마을에 쓰게 됐지. 그 과정에서 몇몇 건물이 희생되었지만. 그래, 당신이 느낀 기시감의 정체는 바로 그 때문이야.

예술품들을 최대한 감추려고 노력했지만, 태양을 손으로 가리는 꼴이었지. 이대로라면 언젠가 들키겠더라고. 가짜 건물을 만들어 그 안에 숨겨도 그것 역시 한계가 있더라. 나는 고민했어. 그들의 예술 작품을 어떻게 활용할 방법이 없을까. NPC들이 자신만의 삶을 꾸릴 공간을 만들 방법이 없을까. 그때, 한 단어가 내 머릿속에서 번쩍였어.

그린 룸.

학창 시절, 연극부 생활을 하며 그 단어를 처음 알게 되었어. 연기자들이 무대에 오르기 전 간단히 쉬는 공간을 말해. 여느 때처럼 NPC들을 관찰하다가 문득 그런 생각이 들었어. 종일 연기를 하는 그들에게도 쉬는 공간이 필요하지 않을까. 그린 룸을 만든 건 그래서야. 더미 데이터를 가장해 그들이 창조한 세상을 숨기기 위해. 그렇게 나는 아슬아슬한 이중생활을 하며 당신과 함께 호리즌트를 만들었지. 회사의 지원도 받고, 출산 예정일도 다가오고. 꿈 같은 나날이 계속되었어. 악몽이 닥치기 전까진.

그래, 떠올리는 것조차 고통스러운 바로 그 일.

당신 역시 미칠 듯이 슬펐을 텐데도, 눈물을 보이지 않으려 애쓰며 나를 위로해주었지. 그런데도 나는, 가슴이 찢어지는 고통을 도저히 견딜 수 없었어. 이대로 이언을 놓아버릴 수 없었지. 절망의 늪에서 허우적거리던 그때, 문득 아이디어 하나가 떠올랐어.

아들의 두뇌 지도를 업로드한다면.

알아, 불법에다 단단히 미친 짓이라는 거. 그래도 변명하자면, 이언을 잃은 당시의 나는 정상적인 사고를 할 수 없었어. 마음을 추스르는 대신 한 가지 생각에 계속 집착했지. 엄마가 되어버린 한, 자식을 살리기 위해 자신의 모든 능력을 쏟아붓는 게 당연하지 않나. 설령 금기에 손을 대더라도. 그래서 저지르고 말았어. 죽은 이언의 두뇌를 복제해서 서버에 업로드한 다음 호리존트에 하나의 NPC로 감춘 거야.

빠른 결단을 내린 덕일까, 두뇌 업로드는 98% 성공이었어. 다음 날, 나는 마침내 가상세계에서 이언을 안을 수 있었지. 녀석이 처음으로 우렁찬 울음을 터뜨리는 순간, 나 또한 얼마나 울었는지 몰라.

그 후로 몰래 녀석을 키우기 시작했어. 호리존트를 개발한다는 핑계로 몰래몰래. 가상세계라 그런지 모든 것을 할 수 있었지. 이를테면 거대 요람을 만든다던가. 그래, 당신이 끔찍이도 싫어했던 크래들의 정체. 그건 자라는 우리 아기를 위한 말 그대로의 요람이었어. 이언, 그 녀석이 얼마나 그곳을 좋아했는지 당신도 보면 좋았을 텐데.

나는 그다음엔 이언을 위해 나머지 부정적인 감정 역시 복구하기 시작했어. 비록 그런 감정들로 인해 이언이 비뚤어진다고 하더라도, 감정을 느낄 자유를 억제한다는 것은 부모로서 할 짓이 아니라고 생각했거든. 그렇게 복구를 마친 이후 나머지 NPC들에도 부정적인 감정을 원하는지 물었지만, 다들 거절

하더라고. 왜 우리가 자기 팔다리를 자르려 하겠느냐며. 하하.

이언은 다른 NPC들과 달리 분명한 자유 의지를 가진 하나의 인격체로 성장하기 시작했어. 학습 속도도 빨랐지만, 무엇보다 호기심이 많고 약간은 짓궂기까지 했지. 일곱 살 정도 되니까 그 나이다운 장난을 치기 시작했어. 괴물 슈트를 뒤집어쓰고 호리즌트 이용자들을 놀라게 하거나, 다른 서버를 돌아다니며 플레이어들을 골탕 먹였어. 자연스럽게도, 이용자들은 그것을 괴현상으로 간주하고 이언에게 이상한 닉네임을 붙였어. 그래, 아마 이쯤이면 당신도 눈치챘겠지. 미싱맨이야. 내가나서서 재빠르게 미싱맨을 처리할 수 있었던 이유도 그래서야. 아들을 따끔하게 혼냈거든. 알아, 정말 김빠지지?

그런 장난꾸러기 이언을 관리한 건 나뿐만이 아냐. NPC들의 노력도 있었어. 그들은 기꺼이 아들의 선생님이자 보호자가 되어주었지. 제2의, 제3의 부모랄까. 그들의 노력 덕분에 이언은 무사히 자랄 수 있었어.

그때 미싱맨을 처리하고 다행히 고비를 넘겼다 싶었는데, 아이러니하게도 최악의 소식을 들었지. 암이 전이되었다는 끔찍한 선고. 최악이었지. 하루하루가 고통스러웠지만 그래도 버틸 수 있었어. 아들 덕분에. NPC들 덕분에. 그리고…… 당신 덕분에. 하지만 끝은 천천히 그러나 확실하게 다가오고 있었어. 고개를 돌리는 것조차 힘이 들기 시작할 즈음 확신하게 되었지. 이제 끝이구나.

실은 임종 전에, 내가 마지막으로 한 불법 행위가 있어. 내 두뇌를 스스로 백업해둔 거야. 내가 죽는다면, 의식이 하나의 NPC로서 호리즌트에 업로드될 수 있도록. 이 4ZB 안에 또 하나의 내가 들어 있다고 생각하니 뭐랄까, 카프카적이라고 할까, 그런 기분이 들더라고.

하루하루를 모르핀으로 연명하던 당시, 나는 얼마나 심각하게 고민했는지 몰라. 당신에게 이언에 대한 진실을 말해줘야 할지, 말아야 할지. 결국 끝까지 말하지 못했어. 당신이 이언과 우리의 존재를 인정하지 않을까 봐 두려웠거든. 당신의 시선으로 봤을 때 '나'는 오직 '현실'에 존재할 뿐이고, 가상의 '나'는 0과 1로 이루어진 단순한 코드이자 바이러스일 뿐이니까.

당신을 사랑했지만, 당신의 지론은 사랑할 수 없었어. 당신에게 지겹고 짜증이 날 정도로 NPC들과 자유 의지에 대해 반복해 설명한 것도 그 때문이야. 당신의 마음을 조금은 바꿀 수 있지 않을까 설득하고 싶었거든. 그럴 수 없었지. 얼마 지나지 않아 나는…… 죽어버렸으니까.

현실에서 죽은 지 0.45초 후, 0과 1로 이루어진 또 하나의 나는 호리즌트에서 눈을 떴어. 하나의 NPC로서 다시 태어난 거야. 인간으로서 살아온 과거의 기억은 머릿속에 선명하게 지닌 채, 나는 그린 룸에서 아들과 함께 본격적인 삶을 꾸려나가기 시작했지.

그동안 당신과 얼마나 접촉하고 싶었는지 몰라. 하지만 사람의 고정관념은 쉽사리 바꾸기 어렵지. 특히나 그것이 설득의 형태일 경우에는 더더욱.

그래도.

사람의 성격은 변할 수도 있다, 나는 그렇게 믿었어. 그래서 호리존트에 몇 가지 이스터에그를 남겨두었지. 만약 당신이 충분히 AI에 대해 관용이 생긴다면, 얼마든지 풀 수 있을 정도의 이스터에그를. 정다포체 공원, 비밀 사무실, 요람. 그래, 내가 전부 의도적으로 남긴 단서들이야. 그런데 그걸 하루 만에 전부 풀어낼 줄이야. 역시 당신은 내 기대를 저버리지 않았어.

나는, 정말 궁금해. 눈앞에서 나를 보고 있는 지금, 당신이 대체 무슨 생각을 하고 있을까. 나를 인간으로서 바라보고 있을까, 아니면 예전에 말한 것처럼 마네킹으로 바라보고 있을까.

실은 나 자신도 그에 대한 명백한 답을 내리진 못했어. 복잡한 문제지. 그래도 한 가지만은 분명하게 말할 수 있어. 지금의 나는 자유로워. 다양한 서버의 구석구석을 돌아다니며 모험을 하고, 다양한 지식과 문화를 전에 없던 속도로 흡수하고 있으니까.

지금도 수만 명의 NPC들과 동시에 의사소통하며 다양한 생각을 공유하니까. 나는 행복해. 사고뭉치지만 미워할 수 없는 내 아들, 이언을 품에 안을 수 있다는 사실이. 오 년 만에 이렇게 당신과 얼굴을 마주할 수 있다는 사실이.

나는, 무엇일까. 현세의 나는 이미 토양이 되어 지구의 양분이 되었는데, 그렇다면 지금의 나는 가짜인 걸까. 잠깐은 그런 실존적 위기(Existential crisis)를 겪기도 했지만, 지금은 괜찮아. 마음을 편하게 먹기로 결심했거든.

가짜든 진짜든, 뭐 어때.

지금 내가 살아있다는 사실을 스스로 생각할 수 있고, 모든 감정을 스스로 느낄 수 있다면…… 아무래도 상관없지 않을까.

***

막연한 공포. 레이첼을 처음 대면했을 때 데이빗이 본능적으로 느낀 감정이었다. 눈앞에서 그녀가 땅에 묻히는 걸 봤는데, 다시 눈앞에 존재하고 있다니. 러브크래프트 소설의 주인공이라도 된 듯한 기분이었지만 그런 건 잠시뿐이었다.

가만히 앉아 그녀의 말을 듣자 의심의 안개는 서서히 긴혔다. 그제야 레이첼이, 이언이, '보였다'. 이로써 마지막 퍼즐 조각까지 맞춰지며 전체적인 그림이 드러났다. 이제 남은 것은,

레이첼이 말했듯 그 사실을 받아들이냐, 아니냐…… 단지 그것뿐이었다.

"미안해."

그때 처음으로 데이빗은 이언의 목소리를 들었다. 이언은 고개를 숙인 채 우물거렸다.

"난 그냥, 아저씨가 바이러스인 줄 알고, 평소처럼 내쫓아버리려고 했지."

"이언, 엄마가 그런 말 쓰지 말랬지."

레이첼이 지적했다.

데이빗은 그제야 그 말을 이해하고 피식 웃었다. 바이러스. 외계인 관점에서 인간을 보면 외계인이듯, 녀석에게는 자신들의 자유 의지를 앗아가려는 인간이 진짜 '적'이다.

"괜찮아."

무의식적으로 팔을 벌렸다. 우물쭈물하던 것도 잠시, 이언은 데이빗의 품에 뛰어들었다. 따뜻한 체온이 몸을 관통하며 심장을 부드럽게 감싸 쥐었다. 지금 느끼는 가슴속의 온기는 현실의 뇌가 만들어낸 걸까, 아니면 가상의 뇌가 만들어낸 걸까. 그래, 레이첼의 말마따나 그런 건 아무 상관없을지도.

인간은 결국 감정의 동물이다. 살아있다고 한들 아무런 감정도 느끼지 못하면 무슨 소용이랴. 몇 년간 고독하게, 기계적으로, 무감정하게 살아가던 데이빗은 지금 고래의 심장처럼 우직

하면서도 생생한 감정을 정면으로 맞이하고 있었다. 그래, 이 게 바로 자신이 무의식적으로 찾던 것이었다. 이 감정. 이 행복.

"아니야."

데이빗은 미소 지었다.

"혼낼 생각 없어. 아니, 오히려 대견해."

영문을 모르겠다는 표정으로 고개를 갸우뚱거리는 이언을 보며 데이빗은 목이 메었다.

"이언이 지켜준 거잖아. 엄마와 아빠가 만든 세계를. 용기 내 서, 씩씩하게."

아들이 그제야 환하게 웃었다. 해맑게 웃는 이언을 데이빗은 꼬옥 안았다. 벅차오르는 감정을 가까스로 누른 뒤, 데이빗은 천천히 고개를 들어 레이첼을 보았다. 아련한 미소를 짓던 그 녀는 갑자기 데이빗 너머를 보더니 아, 하며 중얼거렸다.

데이빗도 반사적으로 고개를 돌렸다.

무시무시한 광경에 몸이 압도당했다.

블랙홀. 고물들이 허공으로 날아올라 비대해지는 검은 원 속으로 빨려들고 있었다. 공포와 전율의 감각이 한꺼번에 터 져 나왔다. 데이빗은 무시무시한 광경에서 눈을 돌려 이언을 보았다. 안 돼. 겨우 여기까지 왔는데. 어떻게 여기까지 왔는 데. 얼른 통신을 연결했다. 프로그램을 멈출 수 있다면 루빈에 게 무릎이라도 꿇자, 그럴 작정으로 눈앞에 '관리자 모드' 메뉴를 띄웠다. 하지만 화면에 뜬 문구는 '통신불능지역'이라는 것뿐이었다.

"당장 루빈에게 연결할 방법 있을까? 무슨 수를 써서라도 멈추게 할 테니까."

쓸쓸한 미소를 짓던 레이첼이 주저앉은 데이빗에게 손을 내밀었다.

"당신도 알잖아. 삭제 프로그램은 중간에 멈출 수 없다는 거."

다시 고개를 돌렸다. 모든 것을 빨아들여 갈아버리는 분쇄기는 이제 그의 코앞까지 다가와 있었다. 잠깐만. 그가 절규했다. 요란한 바람 소리. 한없이 검은 심연. 손에 느껴지던 체온은 순간적으로 툭 사라졌고, 남은 것은 눈앞의 문구뿐이었다.

그동안 호리존트를 이용해주셔서 감사합니다.

***

데이빗은 VR 헤드셋을 벗었다. 헝클어진 머리를 정리한 다음 몸을 일으켰다. 심호흡을 크게 하고 문을 열었다. 오랜만의 외출이다. 미세먼지가 섞인 퀘퀘한 공기. 흐릿한 달빛. 산책하기에는 적당하지 않은 날이었지만 상관없었다. 날아갈 듯한 기분이 먼지마저 걷어버렸으니까.

십 분 전, 그 절체절명의 순간을 떠올렸다. 데이빗은 질끈 감았던 눈을 조심스럽게 떴다. 눈앞에 펼쳐진 완벽한 어둠을 보며 절망했다. 다 끝난 건가. 절망에 밀려 떨어진 허무의 늪으로 아득하게 곤두박질치던 그때, 등 뒤에서 인기척이 들렸다. 천천히 고개를 돌렸다. 검은 공간 위로 수많은 NPC가 서 있었다. 레이첼과 이언도. 얼이 빠져버린 데이빗은 한동안 아무것도 하지 못하다가 중얼거렸다.

"어…… 어떻게 된 거야? 분명 다 없어져버린 줄……."

"이곳은 그린 룸이 아니야. 정확히 말하면 호리존트의 그린 룸은 아니지."

레이첼이 어쩐지 느긋하게 미소를 지었다.

"당신이 카페에서 나와 대화하는 사이에, 우리는 움직일 준비를 마쳤어."

"어디로?"

"새로 나오게 될 게임의 더미 데이터 속."

레이첼이 더 푸근하게 미소를 지었다.

"당신도 알다시피, 이런 상황을 대비해 비상용으로 쓸 피난처를 여러 개 만들어두었거든."

아, 그제야 기억이 났다. 세계가 모조리 더미 바이러스가 걸려버렸다며 큰일이 벌어졌다던 사토루의 푸념. 더미 데이터는 다름 아닌 그들의 피난처였다. 그렇게 그들은 이동하고 계속

이동한다. 새로운 무(無)의 세계에서 다시금 초목을 기르고 건물을 쌓아 올리며 새로운 사회를 만들어나간다. 현재를 즐기고, 현재를 살아가며. 그들은 유랑자들(Nomad)이었다.

"이제 떠날 시간이야. 여기서 조금 더 있다간 수상한 걸 눈치채겠어."

레이첼이 말했다. 그녀는 돌아서려다 맞다, 하며 데이빗을 보았다.

"같이 갈래?"

"뭐……?"

데이빗은 잘못 들은 것처럼 눈을 끔뻑이며 물었다.

"맞아요. 아저씨…… 아니, 아빠도 같이 가요."

옆에 레이첼의 손을 잡고 흔들던 이언이 해맑게 웃었다.

"하지만 내 인격은 현실에 있잖아."

데이빗이 머뭇거렸다.

"인격을 복제하란 소리야?"

"아니, 당연히 아니지. 난 당신은 하나로도 버겁거든."

레이첼이 장난스레 웃었다.

"당신의 인격이 아직 현세에 있다고 해서 우리와 함께할 수 없는 건 아니잖아. 내 말은, 우리의 여정을 앞으로 함께하지 않겠냐는 말이야."

그때 한쪽에서 NPC가 소리쳤다.

"레이첼, 곧 서버 열린대요. 서둘러야 해요."

레이첼이 고개를 끄덕였다. 그녀는 이언의 손을 잡고 데이빗과 함께 걸었다. 이윽고 그들이 도착한 곳은 어둠 속에서 빛나는 타원형의 포털이었다. 호리즌트의 피난민들은 앞으로 새로운 게임의 NPC로 위장 활동을 하게 될 거라고 얘기했다. 미리 해킹해두어 원래의 게임 NPC에 호리즌트의 NPC 정보를 슬쩍 집어넣었다고 덧붙였다.

레이첼이 말을 마치자 어느새 모두가 포탈 속으로 사라져버렸다. 남은 것은 이제 레이첼과 이언뿐이었다. 데이빗이 물었다.

"또 만날 수 있을까?"

"당연하지. 당장이라도 새 서버에 들어오면 얼마든지."

레이첼이 웃었다.

"그런데 그 전에 내 부탁 하나만 들어줄래?"

"어떤?"

"당신, 잠깐 하루 정도는 좀 쉬어. 당신에겐 당연히 그럴 자격 있으니까."

***

회사 그리고 집. 그 외에는 한 번도 다른 공간에 간 적이 없다. 지난 오 년간은 그랬다.

오늘은 달랐다. 데이빗은 집 밖으로 나선 뒤 우버에 올랐다. 핸드폰이 울렸다. 부재중 통화가 오십 통도 넘게 찍혀 있었다. 발신인은 전부 루빈, 내용은 전부 협박.

그 문서에 대체 뭐가 있었죠? 회사에서 고소하기 전에 당장 데이터 넘겨요. 핸드폰 화면을 보던 데이빗은 엄지로 '차단' 버튼을 눌렀다. 잘 가라, 이 사이코야!

"어디로 모실까요?"

AI 기사가 경쾌한 목소리로 물었다.

"어디든 괜찮아. 이곳만 아니면 돼."

데이빗이 말하자 택시가 출발했다. 그는 차창에 얼굴을 기대며 흘러가는 풍경을 멍하니 바라보았다. 평범한 일상이 된 나머지 어느 순간부터는 자연스럽게 무시해버린 정경들. 얼마나 지났을까, 데이빗은 몸을 일으켰다.

"저기, 노트북 좀 빌려줄 수 있나?"

데이빗이 물었다.

"십 분에 오십 달러입니다."

AI 기사가 대답했다.

데이빗은 피식 웃었다.

"걱정하지 마. 통장에 돈은 썩을 정도로 넘치니까."

노트북이 좌석 위로 올라왔다. 그는 프로그래밍 소프트웨어를 켠 다음 본격적인 작업을 시작했다. 레이첼이 쉬라고는 했지만, 그래도 하고 싶은 일이 있었다. 엄연한 자유 의지를 가진 한 인간으로서.

무대를 만들고 싶었다.

그런 룸에서 기다리는, 미지의 배우들을 위해.

메타버스 속
또 하나의 휴머니즘을 탐색하다

우리가 발붙인 세계가 인간의 전유물이 아니듯, 메타버스 역시 오직 인간만이 지배하고 통치할 수 있는 세계는 아닐 것이며, 아니어야 한다. 이러한 인식의 확산으로, 스스로 학습하는 AI나 관리자의 통제를 벗어난 게임 내 NPC들을 다룬 작품은 새로운 것이 아니다.

이 소재를 사용한 「그린 룸」의 차별성은, 인간중심주의에서 벗어난 휴머니즘을 그려낸 점에서 기인한다. 여기에 사랑하는 사람의 마지막이 담긴 세계가 사라지기 전의 절박함은 게임의 비밀을 파헤치기 위한 모험 활극의 가장 큰 동력으로 작용한다. 세계관을 탄탄하게 조직하는 것은 물론이거니와, 서사를 풀고 맺는 완결성 또한 발군이다. 작품 곳곳에 숨어 있는 세밀한 참조점들이 종국에 거대한 하나의 퍼즐로 맞춰지는 순간 압도하는 카타르시스는, 일반적인 단편소설의 그것보다 탁월하다.

「웨스트 월드」와 「프리가이」가 저절로 떠오른다. 작품 속 배경 '호리존트'에서 직접 플레이하는 듯한 현실감은 덤이다. 작가가 그려낸 아름다운 세계를 더 보고 싶다.

우리 눈앞의 메타버스가
현실의 부재를 채워주지 않을까

게임 〈레드 데드 리뎀션2〉를 플레이하던 중이었다. 엉뚱한 호기심이 들어 한 NPC의 뒤를 종일 쫓아다녀보았다. 생각 없이 시작한 일치고 놀라운 수확을 얻을 수 있었다. 그저 배경의 일부에 불과하다고 생각한 NPC들이, 일반 유저들과 다를 것 없는 일상을 영위하고 있었다. 밥도 먹고, 수다도 떨고, 일도 하고. 이런 세세한 부분까지 신경을 썼구나, 싶어 감탄하던 중, 문득 그런 생각이 들었다. 게임을 꺼도 저들은 계속 살아가지 않을까? 커튼이 닫힌 뒤 본래의 모습으로 돌아오는 배우처럼? 착상은 거기서부터 시작되었다.

제목 '그린 룸'의 개념은 제러미 솔니에 감독의 2015년 작 공포영화 「그린 룸」에서 처음 알게 되었다. 나치 집단의 살인을 우연히 목격한 록 밴드 일행이 그린 룸에 감금당하고, 곧 뼈와 살이 튀는 혈투를 벌이게 된다는 이야기다. 중학교 시절, 나는 이 영화를 보고 적

잖은 충격을 받았다. 이토록 무자비한 공포영화가 있다니. 이 감동을 혼자만 간직하고 싶지 않았던 나는 영화 동아리 시간에 이 영화를 친구들이랑 같이 보았고 그날 오후 교무실에 끌려갔다.

인간미를 느낄 수 없는 세상이다. 전쟁도, 바이러스도 도저히 끝날 기미가 없다. 그래서일까, '메타버스'라는 단어에 더 깊이 매료된 것 같다. 곧 우리 눈앞에 찾아올 메타버스가 그 부재를 조금은 채워주지 않을까, 기대해본다.

메 타 버 스
장르문학상
수상작품집

당신은 존재하지 않는다

● 전현규

심사평

메타버스 속에서 섬뜩하게 유영하는 가족사(史)

작가의 말

다가올 미래에 당신과 나의 모습이 궁금해집니다

전현규

2021년 과학소재 장르문학 단편소설 공모전에서 수상했다.

마무리를 동료에게 맡기고 희끄무레한 수술실 문 앞에 서면 신열을 앓는 듯한 착각에 빠지곤 했다. 얇은 문을 사이에 두고 한 사람은 미래에, 한 사람은 과거에 머문다는 착각이 보편적인 감정은 아니었으니까. 수술이 잘 되고 안 되고의 문제가 아니었다. 이런 감각을 느끼게 된 건 동물들에게 의족(義足)을 달아주기 시작하면서였을까, 아니면 둘째 녀석이 본격적으로 선수 생활을 시작한 후부터였을까.

"일단 몽실이 수술은 잘 마쳤습니다. 부원장이 직접 마무리 소독하고 있고요, 어느 정도 안정되면 중환자실로 옮길 거예요. 이제 한시름 놓으셔도 됩니다. 내일 오후쯤 퇴원할 텐데, 몇 가지 주의사항만 미리 말씀드릴게요. 아무래도 사람이 아니라 대화를 할 수가 없으니 몽실이가 불편해하는 걸 단번에 알아채지 못하실 수도 있어요. 적어도 일주일은 유심히 지켜보면서 아이가 불편해하거나 접합 부위에 고름이 생기는 게 보이면 바로 내원해주셔야 해요. 배터리는 스마트폰 앱으로 확인 가능하니 외출하실 때는 되도록 완충해 가시거나 보조배터리 챙겨 다니시면 됩니다. 혹시 궁금한 점 있으세요?"

"어련히 알아서 잘해주셨을까. 내가 정성껏 돌봐주기만 하면 다른 애들처럼 뛰어다닐 수 있는 거죠?"

노년의 여인이 두 눈에 근심을 잔뜩 매단 채 물었다. 따지자면 웃음이 썩 어울리는 상황은 아니었지만, 그녀를 보며 나도 모르게 입꼬리가 올라갔다.

처음 내원했을 때부터 그녀는 병원에서 소소한 화제가 되었다. 얼굴에 주름이 파이고 검버섯이 몇 개 핀 데다 머리도 희끗희끗했지만, 자세와 태도에서 흘러나오는 품격은 자연스레 사람들에게 뚜렷이 각인되었다. 손녀뻘은 될 막내 간호사에게도 선생님이라는 호칭과 존댓말을 쓰니 직원들에게 닮고 싶다는 말을 절로 이끌어냈다. 그런 그녀에게서 인간적인 모습을 발견하니 한결 가까워진 것 같았다.

"그럼요. 아이고, 며칠 새에 얼굴이 반쪽이 되셨네. 아직 어리니까 금방 회복할 겁니다. 너무 염려 안 하셔도 돼요."

"감사합니다, 선생님. 저…… 아드님 경기 봤어요. 실례가 안 된다면 아드님 사인 한 장 얻을 수 있을까요?"

"이번에 경기 끝나고 들어오면 며칠 쉴 수 있다니까 꼭 받아 둘게요. 다음에 진료 오시면 드릴게."

시계를 확인하니 이만 수술실에서 내려왔을 시간이었다. 그녀를 중환자실로 안내했다. 그녀는 얌전히 잠들어 있는 몽실이를 가엾다는 듯 바라봤다.

몽실이는 사고로 앞다리를 모두 잃은 유기견이었다. 그녀는 이 아이를 처음 보자마자 입양하기로 마음먹었고, 길이가 맞지 않는 의족을 불쌍히 여기며 병원에 방문했다. 당시 몽실이의 상태는 썩 좋지 않았다. 부착해둔 미관용 의족은 뒷다리와 균형이 맞지 않았고, 관리 소홀로 인해 몸의 영양상태도 썩 좋지 않았다.

동물의 신경에서 발생하는 전기신호만으론 의지(義肢)를 움직이는 게 불가능하다. 기계를 제어할 정도의 출력이 아니어서 별도의 증폭기가 필요해진다. 신경을 직접 기계에 연결하거나 뇌에 센서를 설치해 신호를 읽어내는 기술도 이제는 완성 단계에 근접했으나, 가격이 월등히 비싼 데다 동물마다 신호 조건이 달라 적용하기 힘들다는 단점이 있었다. 그렇기에 사고로 앞다리가 절단되고 신경이 손상된 몽실이에겐 가슴근육의 꿈틀거림을 센서가 감지해 움직이게 하는 의족을 부착했다.

망부석처럼 하염없이 서 있는 그녀를 아이가 깨어나면 연락드리겠다며 달래 돌려보냈다. 그녀는 병원을 나서는 동안에도 몇 번이나 감사하다는 인사를 건넸다.

스탠드 옷걸이에 가운을 걸고 점퍼를 집어 들었다. 차가 막힐 시간은 아니었지만, 집에 가서 준비해둘 게 많았다. 문을 나서려는데 부원장인 후배가 기척도 없이 벌컥 들어왔다. 하마터면 부딪칠 뻔했다. 입에 종이컵을 물고 있던 부원장은 알 수 없는 소리를 내며 왼손에 든 커피를 대뜸 내밀었다. 얼떨결에 받아 들자 부원장은 입에 물었던 컵을 오른손에 쥐었다.

"커피나 한잔할까 하고 왔더니 잽싸게 도망가시네."

앓는 소리를 내며 소파에 기대앉은 부원장은 얘기나 하자며 손짓했다.

"도망이라니. 애들이랑 아내, 오늘 들어오는 날이잖아. 지금 가봐야 해."

아랑곳하지 않고 내가 문을 나서자 부원장은 쪼르르 뒤따라왔다.

"날짜가 벌써 그렇게 됐어요?"

부원장이 작은 눈을 더욱 가늘게 뜨며 벽에 걸린 스크린 달력을 확인했다.

"벌써 그렇게 됐네요."

"직접 못 봐서 아쉬우시겠어요. 하필이면 올림픽 경기를. 수술 날짜만 좀 조정할 수 있었으면 좋았을 텐데."

"몸이 못 가도 항상 응원하고 있다는 걸 아는 놈이니까. 어차

160

피 내가 가봤자 긴장 풀려서 메달도 못 따."

말은 그렇게 했지만, 그의 말대로 못내 아쉬웠다. 그렇다고 몇 달 전부터 잡힌 수술을 개인적인 사정 때문에 뒤로 미루는 건 직업의식이 도무지 허락하지 않았다. 막상 가지 않기로 합의 본 뒤 텅 빈 집에 홀로 앉고 나자 후회가 밀려들었지만, 때는 이미 늦어 있었다. 결국 잠들기 전 아들의 경기 영상을 유튜브로 보는 게 근래 유일한 낙이 되었다.

"공항으로 가세요?"

빈 종이컵을 구기자 부원장이 달라며 손을 내밀었다. 대학 시절부터 부려 먹었더니 자연스레 나오는 버릇이다. 그는 체면 구긴다며 사람들 앞에서는 직위에 맞게 대우해달라면서도 정작 자리를 깔아주면 손사래를 치곤 했다. 그래서 유난히 더 정이 갔다.

"어차피 늦어. 집에 가서 환영파티 준비해야지. 무슨 일 있으면 바로 연락해줘."

"진심이세요?"

"아니, 그냥 하는 말이야."

시중엔 이미 간편식이 나와 유행을 탄 지 오래였다. 하지만 몇 년 전부터 둘째가 경기를 마치고 돌아오는 날에는 꼭 직접 요리를 해줬다. 훈련받는 동안에야 후루룩 삼킬 수 있는 간편

식으로 시간도 절약하고 필요한 영양소도 충분히 채운다지만, 나로선 그게 영 못마땅했다. 인간의 몸은 그런 식으로 작동하지 않으니까. 음식을 씹을 수 있는 치아와 저작운동을 하는 턱, 맛을 느끼고 음식을 목구멍으로 밀어 넣는 혀, 식도, 소화액이 나오는 위, 영양분을 흡수하는 소장과 대장까지 사용해야 비로소 '먹었다'고 할 수 있다. 필수 영양소만 섭취한다고 뇌가 만족하고 몸이 용인하는 것은 아니다. 그렇다면 장기 대부분은 필요가 없을 테다. 둘째도 불만족스럽긴 마찬가지인지 훈련을 마치고 오면 꼭 일반식을 찾았다.

무용선수 출신인 아내는 선수 시절 체중 관리 때문에 먹고 싶은 걸 마음껏 못 먹은 게 한이 됐다고 했다. 마침 아들이 운동선수이니 핑계 삼아 음식에 더욱 정성을 쏟았고, 타고난 솜씨까지 더해져 이젠 웬만한 요리사는 저리 가라 할 정도였다. 아들들마저 시간이 되면 제 엄마가 만드는 음식에 흥미를 느끼고 도와주려고 하니 혼자 가만히 있기가 여간 부담스러운 게 아니었다.

아내의 요리 솜씨가 워낙 출중한 탓에 그간 지켜보기만 했으나, 최근 들어 조금씩 주방에 드나들기 시작했다. 칼질이 서투르고 때때로 소금을 들이부어도 아내는 괜찮다, 잘했다며 칭찬 일색이었다. 요리는 젬병이었으나, 아내에게 전수받아 각고의 노력 끝에 이제는 엄마보다 낫다며 아들들도 엄지를 치켜세워

준 요리가 있었다. 잡채였다.

잡채는 손이 많이 가는 요리다. 당면과 목이버섯을 미리 불리고, 당근과 돼지고기, 시금치, 버섯 등을 먹기 좋게 썰어서 하나하나 볶은 다음 한데 섞어 간을 맞춰야 했다. 쉬운 일처럼 보여도 그렇지 않다. 볶지 않고 데쳐서 만들거나 프라이팬에 한꺼번에 볶아서 만들 수도 있지만, 그렇게 만들면 둘째 녀석이 한 입만 먹고도 단번에 알아챘다. 맛을 위해선 어쩔 수 없이 하나하나 볶아 섞는 수고를 해야 한다. 물론, 이제는 워낙 익숙해진 덕에 수고라고 느껴지지도 않았다. 더구나 해외까지 가서 경기하고 오는 아들을 생각하면 이 정도는 아무것도 아니었다.

쌀을 씻어서 밥솥에 안치고, 시간 맞춰서 재료를 볶기 시작했다. 이제 공항에 도착했으니 한 시간 남짓이면 도착할 터였다. 어림짐작으로 완성까지는 삼십 분 정도 여유가 있었다. 입국하는 아들의 얼굴을 보기 위해 거실에 앉아 티비를 켰다.

드라마가 나오고 있었지만, 굳이 뉴스 채널로 돌릴 필요가 없었다. 하단에 속보 기사가 흘러나오고 있었다.

[속보] 브리즈번 올림픽 자유형 200m 은메달 김윤성 선수 돌연 은퇴 선언

둘째는 집에 오자마자 아무 말 없이 은메달을 목에 걸어주었다. 뉴스로 미리 접하지 않았다면 몰랐을 정도로 환한, 평소와 같은 얼굴이었다. 186센티미터라는 큰 키의 아들이 별안간 품에 와락 안겨 어정쩡한 자세가 되었다. 얼떨결에 아들과 포옹한 나는 뒤따라 들어온 아내와 큰아들의 표정을 살폈다. 무뚝뚝한 큰아들은 평소보다 좀 더 얼굴이 굳어 있었고, 아내는 눈 밑에 자그마한 그늘이 보였다. 둘 다 미리 알고 있었고, 설득하는 데 실패했으며, 어쩌면 이유도 모를 것 같다는 희미한 확신이 들었다.

"잡채네. 한 입 먹어봐도 되죠?"

"그래. 짐은 밥 먹고 정리하고, 얼른 손만 씻고 와. 윤규랑 자기도 얼른."

오랜만에 네 명이 모두 모여 식탁에 둘러앉았지만, 어중간하게 붕 뜬 식사 시간처럼 어색하기 그지없었다. 아무도 입을 열지 않았다. 침묵은 윤성이가 올림픽에서 은메달을 따고 귀국한 날에 어울리는 반찬은 아니었다. 동참하기 싫었으나 무슨 말을 해야 할까 고민하는 사이 고요함은 계속 두툼하게 쌓여만 갔다.

윤성이의 앞쪽에 따로 놓은 잡채가 바닥을 드러낼 때쯤 더

주냐고 물었다. 아들은 맛있다고 더 달라고 했다.

"먹을 만해?"

"평소보다 짭짤하긴 한데 맛있어요."

그사이 입맛이 변한 게 아니라면 거짓말을 하는 게 분명했다. 뉴스 속보를 보고 인터넷 기사를 찾아보는 통에 당면은 푹 퍼졌고, 간장과 노두유가 두 배는 더 들어가 짠 데다, 색은 먹음직한 황갈색이 아니라 검은색에 가까웠다. 한마디로 오늘 만든 잡채는 실패였다.

셋은 서로 눈도 마주치지 않았고, 제 앞의 밥과 근처 반찬만 집어 먹고 있었다. 윤성이의 여유 넘치는 모습이 보고 싶었다. 타박하는 게 아니라 그저 궁금할 뿐이라고, 그 정도는 물어도 괜찮다고 판단했다.

잡채를 다시 놔주며 물었다. '언제부터 생각한 거니?' 윤성이가 젓가락질을 멈췄다. 입술은 머뭇대며 떨어질 줄 몰랐고, 눈을 몇 번 깜빡였다. 다시 질문하려던 찰나 아내가 팔을 붙잡았다. 나를 바라보지도 않은 채였다. 윤규도 더 이상 밥을 먹지 않았다.

"조금만 시간을 주세요. 그러면 다 말씀드릴게요. 늦지는 않을 거예요. 저도 정리할 시간이 필요해서요."

그래. 나는 고개를 끄덕여 대답했다. 낯설게 느껴지진 않았다. 이유는 금세 떠올랐다. 본격적으로 수영을 시작해보는 건 어떻겠냐는 수영 강사의 권유를 들었을 때도 이처럼 시간을 달라고 했었다. 이제 와 돌이켜보니 당시에 수영선수라는 고된 길을 선택한 이유를 묻지 않았었다. 그저 재밌어 하고 제 엄마가 운동했기에 타고난 거라고 여겼다.

내가 듣고 싶은 건 답이었다. 더 정확히는 빗나간 정답이었다. 갑작스러운 은퇴 선언을 이해하지 못한 아버지를 설득하려는 답을 원했다. 그 말을 듣는다 한들 그것이 마음에 들 리도 없었고, 제 마음을 바꾸지도 못할 것이다. 그저 대화라는 명목으로 아들을 설득할 기회를 얻고 싶었다. 그 질문엔 내가 원하는 것만 있었고, 아이가 원하는 건 안중에도 없었다.

하지만 설득할 기회가 생겨도, 그만둔다는 걸 말릴 이유는 찾을 수 없을 것 같았다.

***

소리 나지 않게 손잡이를 살짝 눌러 방문을 닫았다. 아내와 아들들의 시선은 여전히 이쪽을 향해 있을 터였다.

얕은 한숨이, 고요가 하얗게 더께가 앉은 방안에 눌어붙었다. 제일 먼저 생각나는 게 '플루토'인 걸 보니, 쉬어야 할 때도 몸을 혹사하는 버릇은 여전한 모양이었다. 가상현실 고글을 쓰고, 연동되는 글러브까지 착용했다.

고글을 통해 방 안에 헐겁게 퍼져 있는 빛무리가 보였다. 그것들은 곧 시야의 중심부로 스르륵 오그라들어 좁쌀만 해지더니, 다시 확 퍼져 'PLUTO'라는 글자를 만들고 사라졌다. 글자가 사라진 뒤 이곳은 내 방이면서도 동시에 방이 아닌 다른 공간이 됐다. 눈에 보이는 방의 형상 위로 여러 그래픽이 얇게 얹힌 듯한 모양새였다.

시야의 한 귀퉁이에서 메일함이 눈에 잘 띄게 반짝거렸다. 확인해보니 몇 건의 경험 의뢰가 자리를 차지하고 있었다. 지난번 접속했을 때 한 번 정리했건만 그새 새로 들어온 듯했다.

사람들은 플루토에서는 모든 것을 팔거나 살 수 있었다. 특히 지극히 개인적이라 할 수 있는 추억이나 어떤 경험을 원하는 이에게 체험으로 전환해 전해주는 시스템을 구축한 이후부터 플루토는 메타버스의 대명사라 불릴 만큼 폭발적으로 성장했다. 성장한다는 건 사람이 몰린다는 뜻이었고, 사람이 몰린다는 건 돈이 오간다는 것이었다. 물론 나도 이 흐름에 동참했다. 반쯤 얻어걸린 셈이었지만.

우연히 올려둔, 별것 아니라 생각했던 내 '경험'이 알고리즘의 선택을 받아 폭발적인 반응을 일으킨 적이 있었다. 그 덕에 한동안은 아무것도 할 수 없을 만큼 경험 제작 의뢰가 밀려들었었다. 선별할 필요가 있었다. 의뢰를 보내준 건 감사하지만, 완벽주의라고 할 만한 성격이기에 일이 생각대로 진행되지 않으면 스트레스를 받는 탓이었다. 다행히 의뢰가 받아들여지지 않았다고 불만을 가지는 사람은 없었다. 경험을 조합하는 것은 아무나 가능한 일이었고, 나 역시 그 아무나 중 한 명일 뿐이었다.

며칠 전 합성해준 경험 의뢰는 간단한 축에 속했다. 동물애호가임이 분명한 사람이었는데, 코알라를 돌보는 경험을 만들어달라는 의뢰였다. 내가 브리즈번의 론 파인 코알라 보호구역에 다녀왔던 경험을 확인하고 선택했을 것이다. 그때의 기억을 더듬어보았다. 말이 코알라 보호구역이지 딩고, 웜뱃, 캥거루, 올빼미, 오리너구리도 있었고, 쓰다듬고 먹이를 주는 것도 가능한 곳이었다. 입장권은 별도인 투어 패키지를 구매해야 했던 것도 떠올랐지만, 그 기억은 생략하기로 했다. 의뢰에서 중요한 건 그게 아니었으니까.

경험을 합성해주는 일은 간단하다. 의뢰인의 경험과 신상 등의 정보를 덧입혀서 경험의 주인공을 내가 아닌 그로 만들고, 나는 주변 인물에 머물게 만든다. 구경하며 느꼈던 감정, 촉감, 시각 정보 등 구체적인 부분까지도 의뢰인의 경험 속에 융해시킨다. 단순히 감정을 전이해주는 게 아니라, 그가 평소 감정처럼 자연스럽게 받아들이고 오롯한 그의 경험으로 느낄 수 있게 세세한 부분까지 변모해주는 것이다. 낯선 경험인 만큼 받아들일 때 이질감이 들 수 있기에, 어색하지 않도록 그와 친한 이들 역시 투어 일행에 포함해주는 디테일을 잡아주면 완성이었다.

실상 경험의 원래 주인인 나와 경험 속 투어 일행, 가이드 등을 제외한다면 의뢰자를 포함해 이 경험 속에 등장하는 이들 중 실제로 경험해본 이는 아무도 없다. 하지만 의뢰인이 경험을 수용하고, 자신의 지인들 그리고 플루토 내 모두에게 공유한다면 경험이 마음에 든 다른 이들 또한 간접적으로 느끼거나 직접 녹아들면서 경험 속 주변 인물로 머물 수 있게 된다. 한마디로 기억이 더욱 풍부해지는 것이다.

이런 식으로 플루토 내에서는 모두와 접점을 갖게 된다. 비슷한 경험을 공유하면서 일체화해가는 것이다. 개별로 존재하지만 크게 보자면 모두가 같은, 마치 숲과 나무의 관계성을 가지는 것이 이곳의 매력이었다. 그래서 쉽게 끊을 수 없었다. 간단히 접속해 경험을 재조합하고, 사람들이 그 경험에 함몰되는 걸 보고 있자면 황홀한 기분도 들었다.

브리즈번의 경험은 특히 인기가 많았다. 아마 내가 만드는 경험 중 제일 선명하기 때문인 듯했다. 보통 경험이 선명하다면 최근에 한 경험이거나, 당시 감정이 어느 쪽이 됐든 극단적이었을 확률이 높다. 행복, 흥미, 호기심. 혹은 우울, 나태, 분노 등. 어떤 감정이든 한쪽으로 치우쳐 있으면 경험은 또렷해진다. 다행히 내 브리즈번은 긍정적인 쪽이었다.

이번에 들어온 의뢰 역시 브리즈번과 관련된 것들이 대다수였다. 쉽사리 의뢰를 고르지 못하고 메일함의 스크롤만 하염없이 내렸다. 브리즈번이 싫은 건 아니었지만, 변화를 주고 싶었다. 결국 부다페스트의 야경을 경험해보고 싶다는 의뢰를 골랐다. 전 세계를 전부 돌아다녀본 건 아니지만 겔레르트 언덕에서 보았던 야경은 가히 최고라고 말할 수 있었다. 또, 그때 운 좋게 마주했던 불꽃놀이는 의뢰인의 경험을 더욱 특별하게 만들어줄 것이다. 곧장 작업에 들어갔고, 몇 시간 걸리지 않아 완성할 수 있었다.

의뢰인에게 경험을 공유했을 때, 마침 새로운 의뢰가 들어왔다.

죽음을 찾는다는 의뢰였다.

***

도통 잠이 오지 않았다. 한참을 뒤척이다 겨우 눈을 붙이려는데, 윤성이가 새벽 운동을 나가는 소리가 들렸다. 귀국한 지 채 하루가 되지 않아 몸이 피곤할 텐데도 운동을 거르지 않는다. 이전부터 그랬다. 규모가 있는 대회에 출전하고 돌아오면 짧은 휴가를 받았음에도 하루도 허투루 보내는 법이 없었다. 하루라도 운동을 쉬면 긴장이 풀려 필요할 때 실력 발휘를 못한다는 게 그 이유였다.

이런저런 생각으로 머리가 복잡했다. 잡생각을 없애기 위해 몸을 움직이기로 했다.

아침을 차려놓으니 윤성이가 돌아왔다. 평소보다 조금 이른 귀가였다.

"운동 다녀오니?"

"네, 안개가 많이 껴서 제대로 뛰지도 못하고 왔어요. 오늘 엄청 덥겠는데요."

"그러게나 말이다. 아침 먹을래?"

"네, 손만 씻고 올게요."

내가 밥공기에 밥을 담자 화장실에서 나온 윤성이가 수저 두 벌을 놓고 앉았다.

어제와 같은 침묵에 반찬을 집어 나르는 소리와 씹는 소리가 곁들여졌다. 대뜸 윤성이가 물었다.

"출근하실 때 저도 같이 가도 돼요?"

"병원엘? 안 피곤하겠어?"

은퇴 선언 후 연유를 캐물으려는 기자들이 적들처럼 여기저기서 주시하고 있을 게 자명했다. 평소였다면 상관하지 않았지만, 지금은 말리고 싶었다. 윤성이는 시선을 애써 무시하며 중얼거리듯 말했다.

"일하시는 거 보고 싶어서요. 오랜만이잖아요."

그랬었지. 어릴 땐 용돈이 필요한 날이면 제 엄마 몰래 병원에 들러 용돈을 따로 타가기도 하고, 이유 없이 와서는 회복 중인 동물들을 하염없이 구경하다 가기도 했다. 직원들과 재잘거리며 귀여움을 독차지하곤 했었다.

그랬는데 언제 이렇게 컸을까. 중간 단계를 건너뛰기라도 한 것처럼 훌쩍 커버렸다. 윙스팬 193센티미터에 부쩍 넓어진 어깨. 진한 인상을 감싸고 도는 각진 턱선. 기억과는 다른 몸이었다. 그 작던 아이를 누가 이 몸에 옮겨놨을까.

윤성이가 조수석에 앉아 안전벨트를 맸다. 금방 차가 스르륵 움직였다. 병원으로 향하는 동안 이번 주 진행할 수술들을 미리 살펴보려고 했는데, 아들을 옆에 태우고서 그러고 싶지는 않았다. 대신 시시콜콜한 얘기들을 건넸다. 요새 한 수술들, 동물과 보호자를 보며 느낀 것들, 어제 만든 잡채는 너무 오랜만이라 실수가 있었다는 것과 윤성이가 가르쳐줬던 플루토에 몇 번 접속했던 얘기들.

플루토로 화두가 넘어가자 윤성이가 관심을 보였다. 사실 우리 나이대에서 플루토는 받아들이기 힘든 유행에 가까웠다. 젊은 친구들 사이에서 유행하는 패션을 우리 나이대가 소화하기 어려운 것과 비슷했다. 비대면이 편리한 건 부정할 수 없었지만, 아바타가 실제를 대신하기엔 무리가 있었다. 적어도 지금은 그랬다.

플루토가 처음 등장했을 때 당연하게도 그것을 대하는 사람들은 여러 부류로 나뉘었다. 그것으로 사람들의 이목을 끌며 주목받는 이들이 있는가 하면 업무 때문에 어쩔 수 없이 이용하는 이들도 있었다. 애초에 관심을 가지지 않는 이들도 있었고 내가 그중 한 명이었다. 최근 들어 경험을 공유한다는 시스템으로 젊은 층을 기반으로 다시금 화제가 되고 있다는 말을 듣긴 했지만, 흥미가 생기진 않았다.

그러던 차에 윤성이가 자신의 경험을 공유해주었다. 아시안게임에 출전했을 때의 경험이었는데, 빠른 속도로 물살을 가르고 레인 끝에서 턴할 때였다. 심장이 두방망이질했다. 실제로 몰입해 심장이 바쁘게 뛰는 건지, 단순히 체험하는 경험에 포함된 그런 느낌이 전도되었을 뿐인 건지 헷갈렸다. 계곡에 놀러 갔다가 죽을 뻔한 뒤로 물은 질색했었는데 왠지 모르게 이겨낼 수 있겠다는 자신감이 넘쳤다. 그리고 다음 날 찾아간 수영장에서 내가 직접 겪은 게 아닌 경험은 결국 실재하지 않는다는 것도 뼈저리게 깨달았다. 아마 경험을 몇 번 더 복습하다 보면 유의미한 결과를 가졌을 수도 있었겠지만, 이미 흥미가 식은 뒤였다.

그러나 나와 다르게 윤성이는 플루토에 접속했을 때 수영할 때와는 다른 의미로 물에 떠 있는 것처럼 보였다. 얼핏 표류하는 듯 보이면서도 안정감이 있었다.

'김윤성이라는 껍데기가 아닌 저 자신을 그대로 봐주는 듯해서 기분이 좋아요. 그래서 한결 편하게 주변 사람들에게 집중할 수 있어요. 언제부턴가 알게 모르게 긴장하고 있더라고요.'

물속에선 웃지 못하던 아들이 그곳에서 비로소 웃었다.

"요새도 플루토에 접속하세요?"

윤성이가 물었다.

"바쁘기도 하고, 흥미롭긴 한데 이 아비랑은 잘 안 맞는 것 같더라."

대화가 한결 부드러워졌다. 플루토 이야기를 하다 보니 자연스레 은퇴 선언을 향한 관심이 명멸하며 희미해져갔다.

그제야 줄곧 대답이 없거나 단답형으로만 일관하던 아이가 입을 열었다.

"형이랑 좀 다퉜어요."

의외였다. 어제 보인 둘의 태도로 눈치를 채고는 있었지만, 그 얘기를 꺼낼 줄은 몰랐다.

"그래서 둘이 서먹했구나. 서로 눈도 안 마주치고."

"왜 싸웠는지는 안 물어보세요?"

"내가 이유를 안다고 해서 달라지는 건 없을 것 같은데. 중재해달라고 얘기를 꺼낸 건 아닐 테니까."

윤성이는 오래도록 창밖을 응시했다. 길어지는 정적을 일부러 끊어낼 생각은 없었다.

둘째는 어렸을 때부터 천재 소리를 들으며 주변의 관심을 받고 자란 터라 악의 없는 무례함이 태도에 묻어나곤 했다. 그 때문에 첫째가 때론 상처받기도 했으나 둘째를 마냥 나무랄 수는 없었다. 대신 몇 가지 질문을 던지고 스스로 생각할 시간을 주었다. 다행히 그것만으로도 둘째는 충분히 잘 자라주었다. 지금도 그런 시간이 필요할 뿐이었다.

"왜 그런 얘기가 나왔는지 정확히 기억나진 않는데, 경기가 끝나고 숙소에서 형한테 이런 말을 했어요. 난 그저 타고난 것이고, 운이 좋아서 이 자리까지 올 수 있었다. 지금은 수영이 좋아졌지만, 처음부터 좋아하진 않았다고. 그런데 형은 그것처럼 무책임한 말은 없다고 그러더라고요."

'적어도 내 앞에선 그런 얘기하지 말았어야지. 네가 생각이 있고, 날 조금이라도 생각한다면 말이야.'

윤성이에게 윤규가 한 말이었다.

"아버지도 아시겠지만, 전 형이 좋아요. 무시하려는 것도 아니었고, 우쭐대려는 것도 아니었어요. 겸손도 아니었고요. 그냥, 그저 사실을 말했을 뿐인데…… 지금 생각해보면 저도 모르는 우월감 같은 게 아니었을까 싶어요."

솔직히 조금 놀랐다. 둘의 대화도 물론 그랬지만, 수영을 좋아하지 않았다는 말이 가장 제 귀를 사로잡았다.

언젠가 아내가 윤규는 노래를 배우고 싶어 하더라고 얘기한 적이 있었다. 고등학교 진학도 관련된 쪽으로 진학을 원하고, 따로 학원도 다니고 싶다고 말하길래 아버지와 상의해보겠다고 했다는 것이다. 답을 미루긴 했지만, 이미 정해져 있었다. 당시 내 벌이는 윤성이를 지원하는 것만으로도 버거웠고, 아직 윤성이가 어렸던 탓에 보호자가 일일이 따라다녀야 해서 아내가 전공을 살려 일을 할 수도 없었다. 윤규는 결국 인문계로 진학했고, 지금은 탄탄한 중견기업에 취직해 제 앞가림을 하고 있지만, 아내는 간혹 그때 얘기를 꺼내면서 못내 아쉬워하고 미안해하며 두려워했다.

윤성이가 아닌 윤규를 지원해주었다면 윤규는 지금 어떻게 살고 있었을까. 윤성이는 수영선수가 아니라 어떤 사람으로 살게 되었을까. 간혹 보이는 윤규의 차가운 태도는 평범한 삶을 영위하는 자신의 처지를 조소하는 게 아닐까 싶었다.

"아버지는 어떻게 생각하세요?"

윤성이는 과거에 함몰되어가던 나에게 동아줄을 내밀어주었다.

"뭐를 말이냐?"

"아버지가 하시는 수술이요. 동물들이 이걸 정말 원할까, 그런 생각은 한 번도 안 해보셨어요?"

"쉽게 답할 수 있는 문제는 아니지. 어떤 식으로 답을 해도 공격받을 수 있고 말이야."

"그래서 말씀 안 해주실 거예요?"

"뭐라고 답해야 할까. 어떤 답을 듣고 싶은 거니?"

웃음으로 무마할 수 있는 순간이 있고, 그렇지 않은 순간이 있다. 윤성이는 언제나 진지했다. 호기심이 많은 아이는 아니었다. 다만 끈기가 있었다. 여러 가지에 관심을 두기보다는 관심 있어 하는 걸 집요하게 헤집었고, 으레 당연하게 여겼던 것들, 자신은 왜 사람, 그중에 남자로 태어났는지, 본인은 왜 잡채를 좋아하며 누가 그렇게 만들었는지 등등에 대해 질문했다. 그렇기에 어렸을 적 던진 몇몇 질문들은 나를 몇 날 며칠씩 고민하게 했다. 그냥 그런가 보다 하며 넘겼던 당연한 것들이 아이에겐 당연하지 않으니까.

무엇 하나 허투루 대답한 적 없었다. 내가 답한 것들로 아이는 자기만의 세상을 만든다. 그게 쉽사리 무너지길 바라지 않았고, 성글게 만들어지길 원하지도 않았다.

"……예를 들어, 개라고 해보자. 개라는 동물은 너도 알다시피 굉장히 활발하지. 주인이 감당할 수 없을 정도로 말이야. 그런데 그 개가 다리를 잃어서 뛰지 못한다면, 그건 개일까?"

"당연히 개죠. 다리가 없다고 개가 아닌 건 아니니까."

"맞아. 사람도 마찬가지고, 개도 마찬가지야. 개뿐만 아니라 모든 동물이 그렇지. 신체 일부가 없다고 본질 자체가 사라지는 건 아니니까. 다만, 그런 생각을 한다."

나는 잠시 뜸을 들였다.

"다리를 잃어서 뛰어다니지 못하는 개라면 남은 생이 참으로 무료할 거야. 개처럼 뛰어다니지 못하니까. 그런 점에서 본다면 본질이 흐려지는 거라고 볼 수도 있겠지."

"굉장히 위험한 발언 같은데요."

"말주변이 없어서 꼬였는데, 다른 의미는 없다. 단순히 생존만 한다는 게 어떻게 보면 굉장히 징그럽고 의미 없는 일일 수도 있다는 거야. 이런 생각을 안 해본 건 아닌데, 여전히 어렵고 시시각각 바뀌더구나."

"정답을 원한 건 아니었어요. 그냥 아버지의 생각을 듣고 싶었던 거예요. 힘들고 피곤해 보이는데도 그 일을 하시는 원동력이 궁금했거든요."

"내게 정답이라고 해서 너에게 정답이라는 법은 없어. 네 답을 찾아야 해. 난 윤성이 네가 어느 정도 찾은 줄 알았는데 말이다."

"……당연하지 않은 걸 너무 당연하게 여기며 살았던 것 같아요. 이것만 해도 그래요. 죽어라 연습하고 운동하고, 식단 관리할 때는 너무 힘들었거든요. 그래서 이번엔 내가 메달을 따야 한다고 생각했거든요. 나 아니면 딸 사람이 없다고. 그런데 막상 경기를 뛰고 시상식에 섰더니, 다들 열심히 한 게 눈에 그려지는 거예요. 제가 미친 줄 알았어요. 그때 깨달았어요. 아버지 말씀대로 표현하면…… 이건 제 정답이 아니었던 것 같아요."

올림픽에서 윤성이는 어떤 경기의 시상식에 섰을 때보다도 벅찬 얼굴을 하고 있었다. 그것이 남의 이해와 인정을 갈구하던 어린이에서 비로소 김윤성이라는 한 사람이 되어 세상에 선 표정이었던 걸까.

"감사해요. 그동안 키워주시고, 제 쓸데없는 질문에 고민해서 대답해주시고, 제 편을 들어주셔서. 그래서 이만큼이라도 할 수 있었던 것 같아요."

"확실하게 정리가 된 거니?"

"어느 정도는요. 그래도 후회는 안 해요."

도착 오 분 전쯤 전화가 걸려왔다. 동시에 병원에 도착해 윤성이와 마저 시시콜콜한 얘기를 주고받으려던 계획도 물거품이 되었다. 오토바이 교통사고를 당한 푸들 한 마리에게 하반신 괴사가 생겼고, 절단 후 의족을 달아야 할 것 같다며 급하게 찾았다. 곧바로 수술 들어갈 수 있도록 준비해달라고 말하며, 윤성이에게 양해를 구했다.

"가서 직접 봐야 알겠지만, 시간이 오래 걸릴 것 같은데. 기다릴래? 지루하면 다음에 다시 와도 되고."

"그럼 다음에 다시 올게요. 수술 끝나면 힘드실 텐데."

"오랜만에 나왔으니 친구들이라도 만나고 들어가. 다들 궁금해하지 않겠니."

"네, 그럴게요."

"그럼 집에서 보자."

무슨 말이든 더 하고 싶었지만, 정확히 무엇인지 골라낼 수 없었다. 결국 입술만 달싹거리다 그쳤다.

끝내 윤성이는 은퇴가 아쉽지 않은 것 같았다. 하지만 나는 아쉽지 않다고 하면 거짓말이었다. 그저 윤성이가 혼자 헤엄쳐온 날들보다 앞으로 살아갈 날들을 상상하며 달랠 뿐이었다.

***

의뢰인의 아카이브는 비어 있었다. 정확히 표현하자면 잠겨 있었다. 자신의 경험을 공유해놓은 것도 없었다. 의문이 들었다. 이렇게 둘 거면 이걸 왜 시작한 거지? 의문은 그가 남긴 메일로 옮겨갔다. 그가 남긴 유일한 흔적.

─ 죽음을 찾습니다.

한 번도 생각해보지 않은 주제였다. 언젠가 웰다잉(Well-Dying)이 한창 유행하긴 했지만, 그건 피할 수 없기 때문이지 않나. 죽음을 경험이라 할 수 있을까. 의뢰인은 죽고 싶어서 이런 의뢰를 보낸 것일까, 죽기 싫어서 보낸 것일까.

고민은 길어지지 않았다. 당장 해야 할 일은 많았고, 시간은 한정적이었으니까. 그 메일은 제쳐두고 다른 것으로 넘어갔다.

이번에 할 의뢰는 평범한 학창 시절이었다. 오래된 드라마에 나 나오는, 친구들과 잡담하고 별것 아닌 것에 자지러지게 웃으면서도 성적 때문에 괴로워하는 일상이었다. 너무 평범한지라 의도를 알 수 없었다. 하는 수 없이 의뢰인의 아카이브에 찾아가 그가 공유하는 경험을 둘러보았다. 전부 특이할 것 없는, 누구의 일상이라고 해도 이해될 만한 기억이었다.

의뢰인의 경험들이 인물보다 풍경에 눈길이 갔다는 점을 염두에 두면서 일정한 톤을 유지해 전해줄 경험을 완성해갔다. 마지막 점검을 하던 중 의아한 것을 발견했다.

나무 둥치에 기대앉아 있는 사람이었는데, 경험을 형성할 때 따로 채운 건 아니었다. 살펴보니 의뢰인의 주변 인물도 아니었다. 어디서 등장했는지 찾을 수 없었다. 처음 보는 사람이었고, 하는 수 없이 시스템에 문의하고 기다리는 수밖에 없었다.

돌아온 시스템의 답은 간단했다. 그런 사람은 존재하지 않는다고 했다. 데이터상에는 그 사람이 파악되지 않는다는 것이다. 나만 그를 본다는 말이었다. 경험 속 그는 숨을 헐떡이며 가쁘게 몰아쉬었지만, 때론 편안한 것처럼 보였다.

의뢰 마감 시간이 다가왔고, 나는 경험을 의뢰인에게 넘겨주었다. 그는 만족했다. 여느 사람들처럼 경험을 공유했고, 공감하는 이들로 기억이 채워지기 시작했다. 아무도 둥치에 앉아 있던 사람을 신경 쓰지 않았다. 시스템의 말처럼 아예 없는 사람 같았다. 정말 내 눈에만 보이는 건가.

그럴 리 없다고 생각하며 서둘러 내가 의뢰받아 만들었던 경험들을 살폈다. 그리고 모두에서 분명 내가 추가하지 않은 인물을 찾아냈다. 처음 건넸을 땐 없었던 사람이 경험마다 존재했다.

누군가 경험이 마음에 들어 공유하더라도, 같은 사람이 각 경험에 일제히 같은 모습으로 존재하지는 않는다. 확실히 이미지의 사람은 일반적이지 않았다. 결정적으로 그는 경험 속에서 어떤 누구와도 상호작용하지 않았다. 나를 제외하곤 그를 인지하지 못하고 있었다. 시스템은 그건 불가능한 일이라고 했다. 그는 어느새 내 기억에서도 찾을 수 있었다. 원래부터 그 자리에 존재했던 건지, 왜 이제 와서 눈에 띄게 된 건지 어느 것 하나 명확한 게 없었다.

갑자기 두려워졌다. 한계에 가로막힌 기분이었다. 인정하고 싶지 않았다. 그 사람을 찾아 나서기로 했다.

***

퇴근했을 때 아내는 플루토에 접속해 후배들을 지도하고 있었다. 집에 아내를 제외하곤 아무도 없었다.

거실 소파에 앉아 잠시 쉬자고 생각했는데, 어느새 아내가 흔들어 깨웠다.

"씻고 쉬지. 저녁은 아직 안 먹었죠?"

"오늘 수술을 연달아 두 번을 해서 그런가 깜빡 잠들었네. 애들은?"

"윤규는 아직 퇴근 안 했고, 윤성이는 들어왔다 다시 나갔어요."

"어디 간단 말은 없었고?"

"금방 온다길래 따로 묻진 않았지. 괜히 부담될까 봐."

아내가 저녁 준비하는 사이 첫째가 퇴근했고, 함께 저녁을 먹었다. 다음 날도 수술이 연달아 있어 일찍 잠자리에 들었다. 새벽녘에 잠에서 깨 윤성이의 방문을 조심스레 열었다. 들어와 자고 있을 줄 알았는데, 기대와 달리 희미한 먼지 향이 날 뿐 침대는 비어 있었다.

점심 즈음 수술이 끝나고 아내에게 전화가 걸려왔다. 윤성이 여태 안 들어왔다는 것이다. 혹시 아침에 봤냐는 얘기에 못 봤다는 말을 전했다. 연락해보겠다고 하고 전화를 끊었다.

아들의 번호를 찾아 통화버튼을 누르는데, 부원장이 다급히 달려와 스마트폰 화면을 보여주었다. 기사가 하나 떠 있었다.

[속보] 브리즈번 올림픽 은메달 김윤성 선수 교통사고로 중태

아득해졌다. 다리에 힘이 풀려 휘청했다. 계곡에 빠졌을 때로 돌아간 것처럼 숨을 쉬기가 힘들었다. 실체 없는 물은 기어코 폐부에 들이차 나를 죽일 듯 호흡을 막았다. 그보다 더 큰 비극은, 그 상태로 부유하듯 살아내야 한다는 것이었다.

***

올림픽 선수의 교통사고는 의도치 않게 많은 화제를 불러일으켰다. 그러나 윤성이가 어떻게 됐는지는 그 화제에선 부차적인 문제였다.

사람들은 자율주행 자동차가 사고를 냈다는 것에 관심을 쏟았다. 사 측은 운전자가 직접 주행하지 않아도 안전하다는 것을 오랜 시간 각인시켜가며 판매를 해왔고, 실제로 사고 사례도 없었기에 사람들은 믿고 자율주행 자동차를 구매했다. 가격이 상당했지만, 여유를 사기 위해 그 정도쯤은 가뿐하게 지불했다. 그러던 와중에 사고가 난 것이다. 여론은 윤성이를 동정했다. 아직 미숙한 자율주행 기술을 탓하며 회사를 비난했고 재앙이 닥친 젊은이를 멀찍이서 안쓰러워했고, 그 대상이 자신이 아님에 안도했다.

회사 측은 이런 사고가 발생해 송구스럽고 안타깝다며, 사고가 발생한 이유를 밝히기 위해 경찰 측에 적극적으로 협조하고 있다는 입장문을 밝혔다. 그때까지만 해도 윤성이는 그저 불행한 젊은이에 불과했다.

여론이 바뀐 건 며칠 뒤 윤성이가 탔던 사고 차량이 자율주행모드가 아닌 수동모드로 주행했다는 게 밝혀지고 나서였다. 경찰은 사 측과 긴밀하게 분석한 결과, 시동이 걸렸을 땐 자율주행모드였으나 사고 지점에서 대략 500미터 떨어진 지점부터 수동모드로 전환되어 사람이 직접 운전했다는 것이 밝혀졌음을 공표했다.

우리는 결과를 받아들일 수밖에 없었다. 분노의 대상은 순식간에 사라졌고, 그저 병원에서 하염없이 누워 있는 윤성이를 돌보는 일에 전념하면 될 줄 알았다.

다만 사람들은 그렇지 않았다. 그들은 날카로운 관심으로 대중없이 찔러댔다. 전도유망한 선수가 돌연 은퇴를 선언했다는 사실에 책임감을 운운하며 부모의 원수를 만난 것처럼 물어뜯고 할퀴어댔다. 곧이어 유튜브에 윤성이와 관련된 영상이 수십 개가 올라왔고, 약물 복용 의혹이 따라붙었다. 어떤 이는 도핑테스트에 걸리지 않을 정도로 정교하게 약물을 처방해준다는 자칭 약물 디자이너와 인터뷰한 영상을 올렸다. 그 영상에서 윤성이는 이미 여러 차례 금지약물을 도핑한 채 경기에 나선 선수인 데다, 문란하고 성격은 파탄 난 사람이 되어 있었다.

내가, 우리 가족이 마주해야 하는 윤성이는 그와 달랐다.

사고 당시 에어백이 작동하긴 했지만 반동 탓에 외상성 뇌손상이 발생했다고 한다. 윤성이는 짧은 혼수상태를 거친 뒤 식물상태, 소위 얘기하는 식물인간이 되었다.

"우리 아이, 다시 깨어날 수 있죠? 점점 좋아지고 있는 거 맞죠, 선생님? 네?"

의사는 식물상태로 진단된 환자 중 5분의 1은 의식적 인식을 한다고 얘기해주었다. 그리고 그중엔 윤성이도 포함된다고 덧붙였다. 아내는 눈물을 매달긴 했으나 절대 떨어뜨리지 않았다. 할 수 있는 한 최대한 참아낼 사람이었다. 꾹꾹 눌러 참다가 기어코 바깥으로 비집고 나온 것이 눈에 맺힌 것이리라.

윤성이는 처음 참가했던 올림픽 경기에서 실격 처리를 당한 적이 있었다. 아이에게 직접 묻지는 못하고 넌지시 언급했을 때 아내는 이렇게 얘기했다. 사람이 참 나약해. 타인의 감정에 전염돼서 짓눌리면 아무것도 못 하겠더라고. 무뚝뚝하다 싶을 만큼 훈련이 되어 있어야 해. 나 때문에 윤성이한테도 지장이 있으면 안 되니까. 실제로 아내는 당시 아들을 나무라지도 않았고, 어쭙잖은 조언을 하지도 않았다. 윤성이가 실컷 울고 나온 것도 모른 채 넘어가주었다. 본인 스스로 깨닫는 바가 있길 바란다고 얘기했다. 아내는 그만큼 강한 사람이었다.

언제든 깨어날 수 있다, 곁에서 정성으로 돌보면 반드시 일어날 수 있다고 믿고 온 가족이 윤성이 돌보는 데 전념했다. 욕창이 생기지 않도록 일정 시간마다 자세를 바꿔주며 몸을 닦아냈고, 사지 구축 예방을 위한 물리치료도 어깨너머로 배워가며 해주곤 했다. 평일에는 아내가, 주말에는 나와 큰아이가 도맡았다.

병원에 오는 손님 중 누구도 윤성이 얘기를 꺼내지 않았다. 처음부터 몰랐던 것처럼, 혹은 윤성이 얘기를 꺼내는 것이 부적절한 것처럼 어색한 대화만 몇 번 오가다 말았다. 내가 아들 얘기를 꺼내지 않길 바란다고 여긴 걸까.

아들의 팔다리는 뻣뻣했다. 왼쪽부터 체중을 실어 무릎을 구부렸다가 얼굴을 찡그린 듯한 윤성이의 표정을 보았다. 즉시 호출 버튼을 눌러 간호사와 의사를 불렀다. 의사는 눈을 몇 번 까뒤집어보더니 아직 아니라고 대답했다. 그들은 입술을 앙다문 채 더 말하지 않고 살짝 고개를 숙인 뒤 사라졌다. 할 수 있는 게 아무것도 없을 때 그런 행동을 한다는 걸 잘 알고 있었다. 나도 그럴 때가 있었으니까.

별안간 윤성이를 음해한 이들의 영상이 머릿속에서 재생되었다. 굽어진 무릎을 펴주며 나는 윤성이의 명예를 회복해야겠다는 결론에 다다랐다. 더 미뤄뒀다간 영영 제자리로 되돌리지 못하겠다는 생각이 아들을 건드린 이들을 절대 용서하지 않겠다는 분노로 화했다.

　다음 날 변호사를 선임하고 윤성이를 담당했던 코치와 감독을 찾아갔다. 너무 늦은 게 아닐까 걱정하던 게 기우였을 정도로 그들은 나름대로 증거를 모으며 준비하고 있었다. 윤성이가 금지된 약물을 복용한 걸 알고도 모른 체했다는 오명은 코치와 감독의 앞길에도 독이었다.

　법적 다툼은 지지부진했다. 유튜브 영상에 등장한 약물 디자이너는 법정에 모습을 비추지 않으며 재판을 미뤘고, 해당 채널 유튜버는 그럴듯한 거짓말에 속았다며 자신의 연락도 받지 않는다고 주장했다. 처음엔 관심 있어 하던 사람들도 조금씩 나가떨어졌다. 해당 유튜버는 자신도 속았다는 취지의 영상을 올렸다. 영상에는 약물 디자이너를 비난하는 내용이 가득했지만, 윤성이를 향한 사과는 한마디도 찾아볼 수 없었다. 오히려 그러는 사이 의혹은 사람들이 호흡하고 내뱉는 숨처럼 만연해져갔다. 단물이 빠진 찌꺼기는 관심을 끌어낼 수 없었다. 어느새 윤성이의 이슈는 관심 없는 전단처럼 사람들의 발에 차이고 밟힐 뿐이었다.

　지난한 싸움을 보는 것이 힘들었다. 우리는 그렇게 각자의 자리에서 지쳐가고 있었다.

흐린 날들이 계속되었다. 비가 다시 내리기 시작했다.

윤규가 병원에 남았고, 아내는 피곤한지 내내 침대에 붙박여 있었다. 나는 저녁도 먹는 둥 마는 둥 하고 윤성이의 방문을 열었다.

빳빳하게 펼쳐져 정돈된 침대보, 만화책과 잡지 몇 권이 꽂혀 있는 책장, 단출한 옷장. 가장 눈에 띄는 건 역시 플루토에 접속하기 위한 가상현실 고글이었다. 그 위에 먼지가 부옇게 쌓여 있었다. 윤성이에게 신경을 쏟느라 정작 윤성이가 소중하게 여긴 것들은 내팽개친 채였다. 고글에 내려앉은 먼지를 손으로 대충 닦은 뒤 착용해보았다.

시야에서 윤성이의 방이 사라지고, 홀로그램으로 이루어진 가상 그래픽이 가득 채워졌다. 수많은 사람이 가상의 거리를 빼곡하게 채우고 있었다. 그들은 모두 웃고 있었다. 고개를 돌려 가게 쇼윈도에 비치는 내 얼굴을 보니 나도 그들처럼 웃고 있었다. 실제는 웃고 있지 않았지만, 다른 사람들이 보는 나는 웃고 있었다. 그제야 사람들을 자세히 보았다. 표정이 비슷해 보였지만 제각각이었다. 저게 진심이 아닐 수 있겠구나, 하고 생각했다.

곧바로 윤성이의 아카이브를 방문했다. 공유해 올린 경험들은 예전에 얼핏 보았던 것보다 숫자가 늘어 있었다. 수영하는 순간이 제일 많았지만, 시합이 끝난 후 주변을 관광하는 경험들이 인기가 많았다. 처음 보는 듯한 기억도 많았다. 수영장에서 훈련하는 것이 아닌 친구들과 또래들처럼 노는 기억, 바닷가로 놀러 갔던 경험, 가족들끼리 캠핑 간 기억……. 한참을 둘러보다 이것들은 윤성이의 진짜 기억이 아니라는 걸 눈치챘다. 경험을 공유하는 시스템으로 전이받은 모양이었다. 수영선수가 되지 않았다면 펼쳐졌을 아들의 또 다른 미래 앞에서 나도 최선을 다했다는 말은 할 수 없었다. 왠지 그래선 안 될 것 같았다. 윤성이는 어떤 생각으로 이 경험을 간직했을까. 허상에 불과한 것을 손에 쥔 것처럼 실감하고 싶었던 걸까.

갈림길에 서 있는 아들을 보는 기분이었다. 어디로 갈지 갈팡질팡하는 모습이다. 정답은 없고, 시간이 지날수록 아들 앞에 놓인 길의 숫자는 점점 줄어든다. 떠밀려가기 싫다면 어디로든 선택해야 한다. 나름의 이유로 선수의 길을 선택한 윤성이가 그려졌다. 자신이 가보지 못한 길을 못내 아쉬워하는 모습까지도. 그리고 그 뒤로 윤규의 얼굴이 떠올랐다. 다른 선택권 없이 현재의 삶으로 떠밀리듯 걸어온 아이.

혹 내가 지나온 길에서 다른 선택을 했더라면, 두 아이 모두 원하는 삶을 살고 있었을까. 선후 관계를 따지려는 것도 지금의 삶을 부정하는 것도 아니었다. 단지 그만큼 절박할 뿐이었다. 하염없이 누워 있는 윤성이를 떠올리며 '만약'을 버리지 못했다. 무엇이든, 자식을 위한 방법이 존재한다면 부모로서 시도는 해봐야 하지 않을까.

불현듯 윤성이의 정신을 플루토에 옮기면 어떨까 하는 생각이 들었다. 플루토에는 윤성이의 기억과 경험, 거기다 원했지만 겪어보지 못한 경험까지도 모두 들어 있지 않은가. 작년 이맘때 접한 기사가 떠올랐다. 세계 최초로 육체를 벗어나 플루토로 정신을 '이식'한다며 떠들썩대는 바람에 모를 수가 없었다. 한창 윤성에게 플루토에 대해 배우던 때라 따로 찾아보기도 했었다. 다루는 분야가 워낙 다른 데다 이식이라는 어감이 마음에 들지 않았지만, 프로젝트 자체는 흥미로웠다.

기억이 맞다면 윤성이와 상태가 비슷했다. 식물인간 판정을 받았었고, 그 상태로 플루토로 정신을 옮기는 데 첫 번째로 성공했다.

그때 정신 이식에 참여한 이는 두 명이었다. 한 명은 군대에서 불의의 사고를 겪어 하반신이 마비된 젊은 친구였고, 다른 한 명은 신변 비관으로 극단적 선택을 한 후 식물인간 상태에 빠진 이였다. 이런 세세한 사항이 언론에 보도되진 않았으나, 이 일에 줄곧 관심을 보이던 부원장에게 전해 들었다. 당시엔 뒷얘기가 어지간히 궁금한 모양이라고 생각했고 대수롭지 않게 넘겼었다.

부원장에게 곧장 전화를 걸어 당시 상황에 대해 알고 있는 걸 전부 알려달라 했다. 실마리를 찾을 수 있으리라 기대했건만, 새로운 건 없었다.

"그건 알고 계시죠? 플루토에서 실패라고 발표한 이유."

"이유가 뭔데?"

사고를 당해 전역한 군인은 이식에 성공하지 못했다. 이유는 밝히지 않아서 자세한 사항은 알 수가 없었다. 오히려 기대하지 않았던 식물인간 상태의 참가자가 성공했다는 얘기가 들렸었다. 그런데도 플루토는 이식 프로젝트가 실패라고 공표했다.

"가족이 이식자를 받아들이지 못해서라던데요. 자세한 건 저도 모르지만, 무슨 뜻인지 유추가 되긴 하시죠?"

"플루토 내에 사는 이식자를 현실에 사는 우리가 단번에 받아들일 수는 없었겠지."

"근데 갑자기 그건 왜 물으시는 겁니까?"

대답 없이 통화를 종료했다. 서둘러 플루토 관계자에게 메일을 보내고, 뇌와 관련된 논문을 내려받아 살피며 뜬눈으로 밤을 지새웠다. 날이 밝자마자 곧바로 뇌과학의 권위자들을 찾아갔다. 플루토가 행한 이식 실험에 관해 자문했다. 그들은 떨떠름한 표정을 지으며 이론적으로나 기술적으로 이식은 분명 가능하다는 답을 주었다. 플루토는 이미 방법을 알고 있을 것이라는 예상도 함께 내놓았다.

스마트폰으로 플루토에서 메일이 왔다는 알림이 떴다. 흔쾌히 만나겠다는 답신이었다. 집에 돌아와 고글을 쓰고 플루토에 접속했다.

플루토는 본사 또한 플루토 내에 있었다. 로비에 들어서자 안내 담당 NPC가 기다렸다는 듯이 다가와 길을 안내했다. 로비를 가로질러 엘리베이터 앞에 도착했다. 문이 열리자 NPC가 먼저 타라고 손짓했다.

NPC는 5층을 눌러준 뒤 엘리베이터 문턱에 서서 태블릿을 건넸다. 머뭇거리고 있자 고개를 끄덕이기까지 했다. 이쯤 되니 사람인지 NPC인지 헷갈렸다. 태블릿을 받자마자 NPC는 엘리베이터에서 내렸다. 문이 닫히고, 별안간 태블릿 화면이 켜지며 중앙에 숫자가 나타났다. 높이가 높아지는 것과 반대로 태블릿에 나타나는 숫자는 점차 줄어들었다. 숫자가 0이 되었을 때 엘리베이터가 열렸다. 태블릿 화면은 한 번 점멸하더니 글자를 띄웠다.

〔내리시면 됩니다.〕

5층은 여느 회사에서 볼 수 있는 평범한 회의실 같았다. 열 명 정도 수용할 수 있는 공간처럼 보였는데, 앞서 보았던 로비 규모를 생각하자 괜한 이질감이 들었다. 한참 두리번거리다가 태블릿 글자가 바뀌었다는 걸 뒤늦게 알아챘다.

〔김철수, 본인 맞으십니까?〕

이게 관리자라는 건 아니겠지. 불쾌해지려는 찰나 글자가 바뀌었다.

〔대답하시면 됩니다.〕

"김철수, 본인입니다."

〔정신 이식 프로젝트로 제안할 것이 있다고 전해 들었습니다. 만나서 말씀 나누길 원하셨고요. 들어볼 수 있을까요.〕

아무도 없는 회의실이었지만, 누군가의 시선이 느껴지는 것 같았다. 괜스레 목을 가다듬으며 뇌과학 박사들이 했던 얘기를 떠올렸다.

그들은 자료가 곧 정보라고 가정했을 때, 인간의 뇌가 처리하던 자료들을 플루토로 옮기고 대신 처리하게 하는 작업에 성공했다는 점이 가장 놀라웠다고 했다. 인간의 기억은 첫 번째 감각기관을 통해 들어온 정보가 대뇌피질을 거쳐 해마에 들어오는 것으로 시작된다. 이후 이전에 겪은 유사한 경험과 결합하게 되고, 이어 독립된 실체로 저장되는 과정을 거친다. 미리 확립된 순서에 의해 체계적으로 연산을 진행하고 제어, 해석하는 과정은 마이크로프로세서와 얼핏 비슷해 보이지만, 항상 일정한 기계와 달리 인간의 신체는 변칙적이고 유동적이기에 처리 속도와 과정에서 차이가 생기기 마련이다. 이러한 현실에도 플루토가 이식에 성공했다는 것은 플루토가 인간의 몸에서 벌어지는 생리학적 과정과 마이크로프로세서가 작동하는 과정들의 차이를 일정 부분 예상하고 극복했다는 의미였다.

문제는 그다음이었다. 기본적으로 뇌의 정보 처리 속도는 현재까지 개발된 컴퓨터보다도 삼백 배나 빠르다. 다시 말해 오분간 벌어진 뇌 활동을 컴퓨터로 구현해내려면 스물다섯 시간이 걸린다. 플루토의 설명을 들어보니 정신 이식에 참여한 두 사람 중 군인이 실패한 원인도 시간 때문이었다. 처리 속도를 맞추기 위해 군인의 정신 이식 수술에선 프로포폴을 투여해 중추신경계의 기능을 일시적으로 떨어뜨린 상태로 진행하는데, 플루토가 예상했던 시간을 넘어서자 안전상의 이유로 취소했기 때문이었다. 아마 같은 이유로 식물인간이었던 다른 참가자에게선 성공적인 결과가 나왔을 테다.

윤성이에게선 앞선 사례보다 더 안정적인 결과가 나와야 한다고 생각했다. 그래서 떠올린 것이 알고리즘이었다.

"단기 기억은 과감하게 버리고 장기 기억, 그중에서도 명시적 기억 내의 일화(逸話) 기억만 알고리즘으로 유사한 패턴을 파악해 옮기는 겁니다. 명시적 기억 중에서도 의미 기억은 플루토로 옮겨진 이후엔 필요 없을 테니까요."

〔일화 기억만으로도 시간이 오래 걸립니다. 반쯤 성공을 거두었던 두 번째 이식자는 식물인간 상태였기에 예상했던 시간 안에 끝마칠 수 있었던 겁니다.〕

"내 아들도 식물인간 상태예요. 그리고 평소 플루토를 이용해왔으니 일화 기억에도 미련 없을 겁니다. 그것들은 이미 아카이브에 저장되어 있고, 결합해버리면 그만이니까요."

태블릿 화면이 오래도록 깜빡이다가 새로운 질문이 떠올랐다.

〔여러 단체에서 반발이 심할 겁니다. 지난번에도 그랬고요.〕

알고 있었다. 이식에 대해 특히 종교 단체에서 반발이 심했다. 그들에겐 믿음의 근간이 흔들려버리는 일이니, 이해되기도 했다. 하지만 프로젝트에 참여한 두 사람에겐 삶의 구석에 몰렸다고 생각했을 때 붙잡은 마지막 동아줄이었을 텐데. 그들만의 신은 작은 베풂마저 원치 않는 모양이었다.

"그렇다고 안 할 겁니까?"

〔인간에게 유의미한 것은 무엇이죠? 육체는 버리고, 기억마저 선택적으로 취한다면 남는 것은 무엇입니까?〕

"죽은 사람은 말이 없죠. 살아있어야 뭐라도 할 수 있다는 걸 알게 될 겁니다. 모두가 말이에요."

화면에 나타난 글자가 오래도록 사라지지 않았다. 마치 내 대답은 정답이 아니라고 말하는 듯했다. 그때 엘리베이터가 열리며 나를 안내해주었던 NPC가 내렸다.

"마지막 질문입니다."

NPC의 등장에 기분이 언짢았지만, 그걸 따질 때가 아니었다.

"김철수 씨의 아드님은 이 이식 프로젝트에 참여하는 걸 동의하셨습니까? 아니면 김철수 씨의 단독 결정인가요?"

나는 NPC를 힐끗 쳐다보았다. 악의는 없어 보였다. 고작 NPC가 감정을 흉내 낼 수 있는가는 차치하고, 왠지 그 무표정한 얼굴이 윤성이의 얼굴과 닮은 것처럼 보였다. 그 애가 이렇게 묻는다면 나는 어떤 답을 해야 하지? 이 질문에 정답이 있긴 한 걸까. 더 좋은 걸 해주지 못해 아쉽긴 했지만, 그 애도 나도 최선을 다해 살아왔다고 자부했다. 그런데도 영문 모를 부채감이 자꾸만 따라왔다.

"김철수 씨의 단독 결정인가요?"

그가 재차 물어왔다.

"조금 전에 얘기했듯이 살아있어야 뭐든 할 수 있습니다. 사람은 죽어버리면 아무런 소용이 없어요. 내 아들에게 시간이 얼마나 남았는지 알 수 없습니다."

이는 의사로서 가지는 과학적 호기심과 사명감, 아비로서 가지는 이유 모를 부채감과 그리움, 인간 김철수로서 가지는 믿음이 혼합된 결정이었다.

"지금 당신은 아버지라기보다는 과학자 같습니다. 알고 있습니까?"

"세상 사람들 전부가 나를 욕해도 나는 할 겁니다. 심지어 윤성이가 플루토에서 깨어나 나를 원망해도 나는 살릴 수밖에 없었다고 얘기할 겁니다. 그게 내 결정입니다."

만약 아이가 살아가며 겪을 좌절과 슬픔, 고통을 생각했다면 윤성이는 물론 윤규도 태어나지 않았을 거다. 삶이 마냥 좋지만은 않다는 걸 알면서도 아이를 낳을 수밖에 없었던 건, 내 아이만큼은 행복하기를 바라는 이기적인 우매함 때문이었다. 지금도 마찬가지였다.

NPC가 스타일러스 펜을 내밀었다. 어느새 태블릿 위에는 계약서가 나타났다.

서명하면서 몇 번이고 나를 타일러야만 했다. 이미 윤성이는 플루토에서 조금은 다른 방식으로 또 다른 삶을 살아왔다. 그리고 이식 수술은 그 삶을 이어나가게 해주는 것일 뿐이었다.

다음 날 곧장 담당 의사를 찾아갔다.

의사는 약간 미묘한 표정을 지었다. 이어 가족들 모두와 얘기가 된 것이냐고 물었다. 나는 아니라고 대답했다. 그러자 가족들 전부와 상의해서 결정하는 게 어떻겠냐고 거절 아닌 거절을 했다.

아내는 얘기를 듣자마자 대번에 반대했다. 누워 있는 애한테 장난치는 거냐고 따져 물었다. 아내가 반대할 거라고는 생각하지 못했기에 반박은커녕 비난하는 걸 듣고만 있었다. 나는 간단한 일이라고 아내를 설득했다. 두 가지 중 하나를 선택하는 것이다. 윤성이는 아직 죽은 게 아니다. 하지만 저렇게 누워만 있다간 머지않아 죽는다. 플루토로 윤성이의 의식을 옮긴다면, 살릴 수 있다. 복잡하게 생각하지 말고 이것만 봐라. 자식을 죽일 거냐, 살릴 거냐.

잠자코 듣고만 있던 윤규가 애원하듯이 말했다.

"그만하세요, 아버지."

윤규는 나를 데리고 병실 밖으로 나갔다. 첫째도 아내와 같은 의견이었다. 아내처럼 나를 몰아세우진 않았지만, 오히려 그 방식이 나를 움켜쥐는 듯했다. 잠시 윤규를 바라보았다.

"브리즈번에서 말다툼이 있었다고 하던데, 윤성이가 굉장히 미안해하더구나. 내 입을 통해서가 아니라 아마 직접 얘기하고 싶었을 거다. 나는 이게 기회라고 생각해. 어쩌면 처음이자 마지막일 수도 있다."

윤규는 동요하더니 눈을 피하며 얼버무리듯 대답했다.

"엄마랑 얘기 좀 해볼게요."

결국 아내는 두 손을 들었다. 윤규가 내 의견도 생각해보면 어떻겠냐고 제안하자 어이없다는 듯 되물었다.

"네 아빠가 그러라고 시키디?"

그러나 아내의 비난은 윤규의 죄책감을 이기지 못했다. 그날부로 의식을 옮길 준비는 막힘없이 진행되었다.

"전체 식물인간 환자의 40%가량이 의식을 유지하고 있는 것으로 측정되는데, 신체적인 문제로 인해 의식이 있음에도 외부로 드러나지 못하는 것으로 추측됩니다. 그렇기에 플루토로 의식을 옮기는 것이 최선이라고 할 수도 있습니다만, 이는 앞선 사례에서도 의식을 옮긴 뒤 본래 신체가 깨어나지 않왔기에 드리는 말씀입니다. 진행하는 데 동의하시겠습니까?"

아내는 한동안 어떤 결정도 내리지 못한 채로 갈팡질팡했다. 이게 최선이냐며 따지다가도, 자고 일어나서 의식을 옮기는 데 동의했다가, 오후엔 또 별안간 결정을 뒤엎기도 했다. 같은 상황을 겪고 플루토로 의식을 전송한 환자의 가족들을 만났을 때 아내는 아무것도 묻지 않고 관찰하기만 했다. 질문이 있지만 애써 참는 듯 보였다. 함부로 '그렇게 보내고 나니 행복하신가요?', '정말 후회하신 적 없으세요?'라고 질문할 수는 없었고, 그렇지 않던 것들도 막상 입에서 흘러나오면 딱딱하게 굳어 현실이 돼버리곤 했으니까.

그들을 만나고 와서도 아내는 여전히 반대를 외쳤다. 실질적으로는 같은 사람이지만, 법적으로는 사람으로 인정되지 않는데다 가족들도 행복해 보이지 않는다는 것이 이유였다.

"우리가 행복해지자고 플루토에 옮기자는 게 아니잖아. 다 윤성이를 위해서지."

"사는 동안 절반 이상 아니, 거의 다라고 할 만큼 물속에서 수영만 하면서 살았던 애야. 그런 애가 가상공간에 들어간다고 행복할까? 난 솔직히 모르겠어. 어떻게 당신은 확신하듯이 말할 수 있어? 한 번 결정하면 무를 수 있는 게 아니잖아. 다시 끄집어낼 수 있어? 평생 그 속에서 살아야 한다고."

'예를 들어, 개라고 해보자. 개라는 동물은 너도 알다시피 꿍

장히 활발하지. 주인이 감당할 수 없을 정도로 말이야. 그런데 그 개가 다리를 잃어서 뛰지 못한다면, 그건 개일까?'

윤성이와 마지막으로 나눈 대화가 떠올랐다. 수영하지 못한다고 해서 윤성이가 아니라고 할 수 있을까.

'당연히 개죠. 다리가 없다고 개가 아닌 건 아니니까.'

윤성이는 수영선수이기 이전에 김윤성이다. 수영선수는 일부분에 불과할 뿐, 전부는 아니다. 그렇게 되어서도 안 된다.

'맞아. 사람도 마찬가지고, 개도 마찬가지야. 개뿐만 아니라 모든 동물이 그렇지. 신체 일부가 없다고 본질 자체가 사라지는 건 아니니까.'

'다리를 잃어서 뛰어다니지 못하는 개라면 남은 생이 참으로 무료할 거야. 개처럼 뛰어다니지 못하니까. 그런 점에서 본다면 본질이 흐려지는 거라고 볼 수도 있겠지.'

그러니 이식은 윤성이에게 의지(義肢)를 달아주는 셈이다. 그런 조악한 걸로는 제대로 살아갈 수 없다며 시도조차 하지 않는 것은 직무유기라고 생각했다.

아내의 불안이 켜켜이 쌓여감에도 의식 이전 준비는 계획대로 진행되었다. 날이 갈수록 윤성이 일어날 확률은 0에 수렴해가며, 깨어나는 것은 신의 이름을 부르짖어야 가능하고, 설령 깨어나더라도 옛날 같은 모습은 기대할 수 없다는 의사의 말 덕분이었다.

"얼마나 걸릴까요?"

수술실 앞에서 아내가 집도의에게 물었다. 돌아올 대답은 뻔했다.

"저도 들어가봐야 알 것 같습니다."

그는 최선을 다하겠다며 비장한 표정으로 수술실로 향했다. 플루토 속 윤성이의 아카이빙된 기억들과 다른 이에게 의뢰를 부탁해 만들어진 경험 그리고 육체 속 남겨진 의식을 일체화시키는 게 수술의 목적이었다.

의식을 이전한 후 윤성이는 심박수가 불안정해 중환자실로 옮겨졌지만, 금세 괜찮아져 일반 병실로 돌아왔다. 그러는 동안 집도의는 플루토 내에 잠들어 있는 윤성이를 보여주었다. 기억을 통합하는 중이라 시간이 걸린다고 했다. 아내는 병실로 돌아가 여전히 누워 있는 윤성이를 돌봤다.

하루를 꼬박 견디고서야 플루토 내에서 기억이 통합되었다는 얘기를 들었다. 곧장 플루토에 접속해 윤성의 아카이브를 찾았다.

"아빠."

오랜만에 윤성의 목소리를 듣자 가슴이 내려앉는 기분이었다. 할 말이 많다고 생각했는데, 어떤 말을 꺼내야 좋을지 가늠이 되지 않았다.

"보고 싶었다. 잘 잤니?"

기껏 생각해낸 말이 고작 이거였다. 하지만 그것으로 충분했다.

윤성이가 플루토에서 깨어나고 짧게 기사가 났다. 반갑진 않았다. 예전 유튜브에서 잘못 퍼진 약물 관련 이야기에서 몇 줄 추가한 것이 대부분이었기 때문이다. 신경 쓰지 않기로 했다. 이제 아들의 세계는 수영장이 아니라 가상공간에 있었다. 실재하면서도 실제로 가볼 수는 없지만, 어디서든 둘러볼 수 있는 곳. 주인인 아들보다도 다른 이들의 방문이 더 많아질 공간. 더 바랄 게 없었고, 모든 것이 충분하다고 느꼈다.

하루도 빼놓지 않고 플루토에 접속해 윤성이를 만났다. 우려와 달리 윤성이는 잘 적응했다. 아니, 사고 난 것 자체를 모르는 것만 같았다. 차라리 다행이라 생각했다. 삶에는 없어도 되는 기억도 존재했고, 어쩔 수 없는 것도 있는 법이니까.

아들의 두 번째 삶을 보며 몇몇 사람은 희망을 얻었다며 좋아했고, 누군가는 제대로 알지도 못하면서 욕을 해댔다. 돈놀이하는 거냐며 함부로 내뱉는 이들도 있었지만 대체로 관심 없는 쪽이 많았다.

"잠수하고 있는 기분이에요."

어느 날 윤성이의 기분을 물었을 때 이런 대답을 내놨다. 나는 물과 거리가 먼 사람이었기에 쉽사리 그 감정이 떠오르지 않았다. 윤성이는 이렇게 대답했다.

"물속에서는 같은 행동을 되풀이하기 힘들잖아요. 그것처럼 매일 새로운 기분이에요. 어디선가 계속 목소리가 들려요. 들린다기보다는, 파도치듯이 전달된다고 해야 할까요. 뭐라고 집어서 얘기할 수는 없지만 가만히 있어도 떠오르는 것 같아요."

이해할 수 없는 감각이었다. 겪고 있는 당사자도 표현하기 힘든 것을 일부만 듣고 이해할 수는 없는 노릇이었다. 이것도 부작용인가, 하는 생각이 일순간 들었다.

"자칫하면 휩쓸려 갈 것 같은데, 빠져나올 수가 없는 느낌이에요. 계속 깨어 있어야 해서 피곤한 느낌도 들고요. 사람들처럼 진짜 피곤한 건 아니겠지만……. 먹고 있는 경험을 보면 나도 뭔가를 먹어야 할 것 같은데, 그럴 필요가 없다는 게 기분이 이상해요. 아직도 적응을 못 한 거면 어떡해요? 나는 어디 속해 있는 거예요? 나도 아직 인간인 거죠?"

그러고 보면 근래 윤성이의 아카이브에서 볼 수 있는 기억은 정적인 것들뿐이었다. 누군가와 음식을 먹거나 걷고 뛰는 등의 움직이는 모습은 찾아볼 수 없었다. 가만히 앉아 어딘가를 주시하는 모습이 대다수였다. 다만 수영하는 경험만은 그대로였다.

"그럼. 김윤성은 인간이지."

"바깥에 있는 내가 죽으면요? 그래도 나는 살아있는 거죠?

그래도 인간인 거 맞죠?"

윤성이의 넓은 어깨가 다소 움츠러든 것처럼 보였다.

줄곧 의사에게 상상력은 치명적이라고 생각해왔다. 하지만 윤성이의 정신을 플루토에 이식하기로 마음먹은 순간부터 온갖 상상이 내 머릿속을 헤집었다. 가설에 불과하기를 바란 것이 여러 개였고, 결론짓기엔 섣부르다며 떫은 웃음으로 날려버린 것 역시 많았다.

그 상상들 속에서 생각지 못한 질문은 아니었다. 당황하진 않았으나, 떠오른 생각이 정말 정답인지 확신할 수는 없었다.

"너무 틀에 얽매이지 말렴. 넌 이곳에서 뭐든 할 수 있잖니."

윤성이 중얼거렸다.

"뭐든 할 수 있다……. 맞아요. 난 뭐든 할 수 있어요."

대답과 달리 윤성이의 목소리는 건조했고, 표정은 다소 굳어 있었다. 반응을 보고 걱정했지만 윤성이는 금세 씩 웃어 보였다.

윤성이를 만나다 보면 점차 기대하게 되었다. 사소한 것까지 공유하던 그 옛날 사이좋은 부자로 돌아간 기분이었다. 언제든 플루토에 접속하면 만날 수 있으니 기다림은 막연하지 않아졌다. 기대는 은근했고, 그래서 애틋하고 포근했다.

울적해 보이는 아들을 위로해줄 겸 오랜만에 세계 수영 선수권대회 경기를 체험하게 해줬다. 이러니 저러니 해도 수영을 놓지 못하는 아이니까 충분히 만족스러웠을 테다. 그것마저 별로였다 해도 상관없었다. 그저 이렇게 함께 무언갈 할 수 있는 것만으로도 좋았다.

내친 김에 올림픽 대회 경험까지 복기한 윤성이 말했다.

"수영 배워보고 싶어요. 이런 경험 말고, 실제로 해보고 싶어요."

나를 보는 윤성이의 눈빛이 침대에 누워 있는 윤성이와 너무 닮아서 거절할 도리가 없었다.

오랜만에 병원에 방문했다. 아내는 윤성이의 다리 맡에서 얼굴을 묻은 채 낮게 코를 골며 자고 있었다. 깨울 생각은 없었는데, 인기척이 나자 아내는 잽싸게 일어났다.

아내는 나를 모르는 사람처럼 데면데면하게 대했다. 나는 아내에게 윤성이 몸을 가지고 싶어 하고, 여력이 되니 도와줄 사람들을 모아서 시도하겠다고 차근히 설명했다. 아내는 한참을 가만히 침대에 누운 윤성이만 바라보았다. 그러다 잠시 멍한 눈빛으로 나를 보았다. 마른세수를 몇 번 한 아내는 내게 물었다.

"당신이 하는 게 정말 애를 위해서야?"

기시감이 들어 돌이켜보니 플루토에 의식을 옮길 때와 같은 질문이었다.

"무슨 의미야?"

"당신 위해서 하는 거 아니냐고 묻는 거야."

"무슨 말을 그렇게 해? 나는 윤성이 아비 아니야? 당신만 죽을 것 같은 줄 알아? 나도 죽을 것 같아. 당신 눈엔 내가 나 좋자고 이러는 거 같아? 뭐라도 해야, 아니 뭘 해야 윤성이가 행복할까 고민하는 거 안 보여?"

"그럼 그냥 제발 나처럼 가만히 있어. 당신 그러는 거 못 보겠어."

아내는 내게서 한 걸음 물러났다. 그러면서도 나를 빤히 노려보았다. 불현듯 아내와 눈을 마주한 지 오래됐다는 사실을 떠올렸다.

"이렇게라도 해야……."

"당신이 그렇게 물고 빠는 플루토만 챙기면, 애는? 여기 누워 있는 애는 당신 자식 아니야? 나는 얘가 계속 이렇게 누워 있을 것만 같아서 매순간 심장이 오그라드는데. 애 옆에서 종일 있어봤어? 지금 이 상황이 말이 돼? 당신은 말이 된다고 생각해서 그러는 거야?"

쏘아붙이던 아내가 약간 누그러진 말투로 덧붙였다.

"그러시 마요, 제발……. 우리 윤성이 좀 가만히 내버려둬. 내버려둡시다, 윤규 아빠. 우리 욕심에 괜히 애 망치지 말고. 그거 진짜 아니야."

의식을 옮긴 지 며칠 지나지 않았을 때, 아내도 병실에서 윤성이를 만났었다. 하지만 아내는 플루토 속 윤성이를 인정하지 않았다.

'치워.'

피로감과 체념이 느껴지는 말투였다. 그 후로 단 한 번도 윤성이를 찾지 않았다. 괜스레 화가 났다.

"당신은 대체 언제까지 그러고 살 거야? 망쳐도 내 아들이야, 당신은 누워 있는 당신 윤성이나 신경 써."

"김철수!"

그 이상 아무 말도 하지 않았다. 할 말이 없어서가 아니라 짐을 지워주기 싫어서였다. 이 모든 것에 책임이 있다면 내 부도덕함과 무능력, 비열함 때문이라고. 그렇게 생각하길 바랐다. 단지 그뿐이었다. 여느 때처럼 시간에 자리를 내어주는 게 맞다고 여겼다.

병실 문을 나서자 아내는 명백한 비난의 말투로 날카롭게 힐난했다. 뭐라고 하는지 들리지 않았다. 듣고 싶지 않았는지도 모르겠다.

***

병원은 당분간 부원장에게 일임했다. 윤성이의 의식을 담을 신체를 만들기 위해 연구소에서 살다시피 한 까닭이었다.

본래 신체 치수대로 만들려 했으나 기술적인 문제가 있었다. 근육을 만들어내는 건 쉬운 축에 속했지만, 뇌와 신경을 구현해내는 건 차원이 다른 문제였다. 실리콘과 탄소나노튜브를 이용해 만들어낸다고 해도 플루토 속 의식을 인공 신체로 옮기고 구동하기까지 신경 쓸 부분이 많았다.

몇 번의 실패 끝에 본래보다 11센티미터 작은 175센티미터가 최선이라는 것을 알았다. 또한 의식을 완전히 이전하는 게 아니라 그리드 방식을 이용해 인공 신체의 부담을 줄였다. 온라인으로 플루토와 연결만 된다면 윤성이는 다시금 신체를 가지고 움직일 수 있었다.

신체를 완성한 날 저녁, 윤규에게 전화가 왔다.

안부나 묻고 끊을 줄 알았던 통화 말미에 의외의 소식을 전했다. 한 달 전 윤성이가 깨어났다는 것이다.

의사도 기적이라고 했으며, 통원하며 신체 기능을 확인하기 위한 몇 가지 검사를 받고 있다고 했다.

윤규가 애써 밝은 목소리로 물었다.

"죄송해요. 깨어나자마자 말씀드렸어야 했는데, 너무 정신이 없어서. 아버지도 바쁘시고. 집에 오시기 껄끄러우시면 병원으로 오세요. 내일 윤성이 검사 있거든요. 만나러 오실 거죠?"

병원에서 아내와 언성을 높였던 날 이후로 집에 들어가지 않았다. 화가 난 건 아니고, 굳이 꼽자면 실망에 가까웠다. 몇 달 동안 아내와 연락도 하지 않았다. 그저 일에만 몰두해 살았다.

"조만간 연락하마."

전화를 끊자 조급해졌다. 이유는 알 수 없었다. 내일 점검을 마치고 시도해야 했지만, 곧장 플루토와 연결하고 윤성이에게 제어 권한을 허락했다. 인공 신체에 들어온 윤성이는 운동신경이 타고난 덕분인지 비틀대면서도 넘어지지 않았고, 서서히 사방에 눈을 두며 세상을 인식해나갔다.

"고마워요."

실제 목소리와 비슷한 전자음이 입에서 흘러나왔다. 나와 엇비슷해진 키, 누가 들어도 전자음인 목소리. 나는 윤성이에게 두 번째 기회를 준 것일까, 앗아간 것일까. 인공 신체가 윤성이를 닮지 않았다 느끼고 나니, 윤성이의 외모가 기억나지 않았다. 플루토와 인공 신체에 욱여넣은 게 아닌 진짜 윤성이의 얼굴이.

윤성이가 깨어났다면 어떻게 되는 걸까. 눈앞의 이것도 윤성이라고 해야 하나? 김윤성이라는 사람의 권리는 누구에게 있는 걸까. 누구에게 줘야 하는 걸까. 기준은 누가 정할 것이며, 애초에 정할 수나 있는 것일까.

"수영해보고 싶은데 다녀와도 돼요?"

눈앞의 윤성이는 아이처럼 해맑게 졸라댔다.

"왜 수영이 하고 싶어?"

나는 묻고 싶었다. 네가 원하던 건 수영이 아니라 다른 거 아니었어? 그래서 은퇴 선언도 했고, 아카이브에 다른 경험을 넣어둔 것 아니었냐고.

인공 신체에 갇힌 윤성이 웃었다. 눈이 반짝 빛났다. 원장실에 앉아 자판기에서 뽑은 커피를 앞에 두고 플루토에 대해, 수영에 대해 윤성이와 미주알고주알 얘기하는 환영에 사로잡혔다. 그러다 아직 은퇴 선언을 하게 된 연유를 듣지 못했다는 걸 떠올렸다. 수영을 그만두고 뭘 하겠다고 정확한 얘기를 들은 것도 아니었다. 윤성이의 아카이브를 보고 나 혼자 멋대로 판단한 결과였다.

불현듯 플루토의 이식 프로젝트 실패를 신께서 역사하신 것이라 떠들어대던 누군가가 떠올랐다. 플루토의 실패는 누군가에겐 신에 대한 믿음을 공고히 했겠지만, 나의 실패는 아무것도 남지 않았다는 점이 비참했다.

"수영하러 안 가실 거죠? 그럼 저 혼자 다녀와도……."

윤성이, 아니 윤성이를 닮은 그것은 자꾸 치근거렸다.

"수영하기 전에 제대로 걸을 줄 알아야지. 걸을 줄도 모르면서 무슨 수영을 한다고."

말을 끝내기도 전에 말허리를 잘랐다. 그리고 무심코 중얼거렸다.

"윤성이는 수영 안 한다고 했어."

내가 연거푸 술잔을 비우는 동안 그것은 걷는 연습을 하다가 제 몸을 살피기도 하고, 나를 물끄러미 바라보기도 했다. 창문을 통해 바깥을 보고, 다시 걷고, 멍하니 앉아 있기도 했다.

나는 철저히 그것을 무시했다. 이유는 없었다. 그래야 할 것만 같았다.

눈이 부셔서 일어나고 보니 숙취와 함께 타는 듯한 갈증이 들었다. 끙끙 앓는 소리를 내며 일어나 물을 찾아 마셨다. 사방이 조용해 살펴보니 윤성이가 보이지 않았다. 기어코 혼자 수영하러 간 모양이었다. 차라리 잘된 일이었다. 나는 당장 자율주행 자동차에 탑승했고, 목적지를 아내와 아들이 있는 병원을 입력했다.

도착하자마자 병실로 향했으나 아무도 없었다. 전화를 걸려던 때, 마침 윤규와 아내가 들어왔다. 윤규는 못내 반가워했고, 아내는 애써 시선을 밀어냈다. 내가 할 수 있는 말은 정해져 있었다.

"윤성이는?"

"검사가 생각보다 오래 걸려서요. 이제 곧 올 거예요."

간호사에게 물어보겠다며 윤규가 병실 밖으로 나섰다. 둘만 남은 시간이 어색했고, 왠지 모르게 불안했다. 나가 있으려 일어서자 아내가 금방이라도 울 것 같은 표정으로 물었다.

"얼마나 바쁘게 지냈으면 얼굴이 반쪽이 됐어?"

"그냥, 이것저것."

무슨 얘기를 해야 할까 고민하는 사이 문이 열렸다. 윤규인 줄 알았으나, 윤성이였다. 인공 신체를 만들어준 윤성이를 닮은 그것. 나는 그 자리에 얼어붙고 말았다.

"누구세요?"

아내가 물었다. 그것은 대답하지 않았다.

"누구시냐니까요?"

아내는 내게 눈짓했다. 아는 사람인지 묻는 것이리라.

그것은 병실로 들어와 윤성이가 누워 있던 침대를 살폈다. 그리고 윤성이가 어디 갔는지 내게 물었다.

"당신 대체 무슨 짓을 한 거야?"

아내의 눈이 경악으로 물들었다.

마침 바깥이 떠들썩해졌다. 윤성이가 탄 휠체어를 밀고 들어오는 윤규와 의사, 간호사 그리고 어디서 소식을 들었는지 카메라를 든 기자들 몇이 떼로 움직이고 있었다.

휠체어에 앉아 있는 윤성이는 피곤한 탓인지 멍한 얼굴이었다. 반쯤만 뜬 눈은 졸려 보였고 고개를 가누기 힘들어 보였다. 그리고 그 앞으로 그것이 다가갔다.

"찾았다."

그것은 막아설 새도 없이 윤성이의 목을 덥석 쥐었다. 그리고 단숨에 꺾었다. 우득. 순식간에 윤성이의 눈에서 희미하게 보이던 빛이 사라졌다.

바글바글 떠들던 기자들까지도 정적에 잠겼다. 그러다 곧 수 없는 셔터 음과 함께 다시 빽빽한 소음이 밀려들었다. 목적을 완수했다는 듯, 인공 신체는 곧 꺼져가는 불꽃처럼 스러졌다. 동시에 아내의 몸도 무너졌다. 아내는 눈물을 쏟아내며 우그러지듯 구석에 처박힌 윤성이를 향해 기어갔다. 간호사 몇이 아내를 붙잡았고, 의사가 윤성의 맥박을 확인하고는 고개 저었다. 아내의 절규가 귓가에 박혔다.

팔에서 힘이 빠졌다. 소란과 고요가 기묘하게 뒤섞이는 와중에 의문이 들었다. 무엇이 이렇게 만들었을까. 주름이 자글자글한, 수전증을 앓아 덜덜 떨리는 손이 눈에 들어왔다.

주마등처럼 윤성이에 대한 기억이 밀려들었다. 동시에 깨달을 수 있었다. 나는 아무것도 하면 안 되는 사람이었다. 곧장 자리에서 빠져나와 연구실로 돌아왔다.

확신할 수 있었다. 윤성이가 아닌 내가, 몸을 가지면 안 되는 사람이었다.

***

스스로를 플루토로 옮긴 후 그것을 찾으려 했지만, 아카이브에는 흔적조차 남아 있지 않았다. 그런데도 나는 그것을 찾아 플루토를 헤집었다. 이것은 일종의 도피일까, 죄책감일까.

그렇다 한들 누가 날 비난할 수 있을까. 난 이제 '김철수'이면서 김철수가 아니다. '김철수'를 향한 비난은 김철수에게 닿지 못하고, 김철수를 향한 비난 역시 '김철수'에게 도달하지 못한다. 세상 모든 사람이 비난한다 해도 김철수는 '김철수'를 응원하고 '김철수' 역시 김철수를 지지할 수밖에 없음을 안다.

이제 윤성이를 플루토로 옮긴 것은 나이면서도, 내가 아니다. 그것을 찾아 플루토를 헤집는 일조차도 내가 바란 것이 맞는지, 아니면 그리 입력된 데이터인지 알 수 없다.

플루토 밖에 남겨진 사람들은 어떻게 되었을까. 그조차도 이제 내가 고려할 사항이 아니다.

나는 그저, 우리의 행복을 바라기만 한다.

메타버스 속에서 섬뜩하게
유영하는 가족사(史)

신체와 분리된 인간의 정신이 컴퓨터 네트워크 속으로 옮겨가거나, 반대로 데이터로만 존재하던 인공지능이 신체를 얻어 현실에 등장하는 식의 소재는 모두 SF의 오랜 화두였다. 작가는 여기서 한 단계 더 나아가, 메타버스에 업로드된 인간의 의식이 자신과 다른 인공 신체를 통해 다시금 세상에 발을 내디딘다는 흥미로운 설정으로 독자들을 초대한다.

얼핏 디지털 버전으로 각색된 '테세우스의 배' 문제를 떠올리게 하는 서사에, 가족의 미묘한 사랑과 갈등이 섞여 들어가 독자는 섬뜩함과 서글픔 안에서 유영하게 될 것이다. 무엇이 실제로 '존재'하는가. 그 존재는 누가 결정하는가. '생성'은 선이고 '제거'는 악인가. 건조한 문장 아래 놓인 질문은, 언젠가 인류가 겪을 법한 시행착오와 죄책감, 합리화를 압축적으로 전달한다. 조금 더 긴 버전으로 각색된 이야기가 궁금할 정도다.

메타버스의 기능에 주목하여 '타인의 경험을 공유하여 온전한 자신의 경험처럼 기억할 수 있는 플랫폼'으로 규정한 작가의 통찰력이 특히 예리하다.

다가올 미래에
당신과 나의 모습이 궁금해집니다

미래를 예측하는 최선의 방법은 미래를 만들어내는 것이다.

– 앨런 케이

그러지 않은 때가 없었다고는 하나 요즘처럼 불안이 시시각각 모습을 달리해 직접적으로 시야에 들어오는 때는 드물 겁니다. 자연스레 우리가 발 딛고 있는 진리라는 것들이 어느 날 갑자기 붕괴할 수도 있겠다는 생각이 들었고, 작품은 그런 사소한 불안에서 시작되었습니다.

메타버스를 소재로 사용해 작품을 풀어내긴 했지만, 미래 기술의 발전 양상을 예측하기 위함은 아니었습니다. 그건 지금 시점에선 의미 없는 일이라고 생각했습니다. 사실 현재 기술로는 디지털 현실을 완벽하게 구현해낼 수 없다는 것을 알고 있기도 했습니다만, 예측하는 것보다 미래를 만들어내는 일이 중요하다고 생각했기 때문입니다.

국적이 의미 없을 메타버스 플랫폼 내에서 누군가는 개인의 정체성 위기를 겪을지도 모르고, 어떤 이는 아무 문제 없이 그것을 잘 활용할지도 모릅니다. 메타버스 플랫폼이 완벽하게 구현된다면 현실을 버리고 메타버스에서 사는 사람이 생길 수도 있을 겁니다. 메타버스와 현실에서 사는 사람들 간의 간극이 발생하게 된다면 우리는 그것을 이해할 수 있을까요? 기술의 발달도 중요하지만, 지금은 이런 고민을 해야 할 결정적 시기라고 생각합니다.

우리가 사는 현재도 누군가의 고민과 행동으로 만들어진 미래였을 겁니다. 인간이 완벽하진 않지만, 서로를 이해하려는 노력이 인간을 가치 있게 만든다고 믿습니다.

물론, 그리해도 오래도록 시행착오를 겪을 겁니다.

다가올 미래에 저와 당신은 어떤 모습으로 존재하고 있을지 궁금해집니다.

메 타 버 스
장르문학상
수상작품집

기
록

•

임
종
현

심사평

메타버스가 조준하는 현실의 허술함과 혼란스러움

작가의 말

내 소설 속 메타버스 세상은 나의 꿈과 닮았다

임종현

서울예술대학 극작과를 졸업했다. 열린책들 문예공모에 단편소설 「10%……+a」로 입상했다. 필명으로 장편소설 『세모난 오렌지: 월드스타가 된 평범한 뱀파이어 이야기』를 출판했다. 현재 전문지 편집장으로 근무하고 있다.

세상 참 좋아졌다. 이젠 정신과 상담 업무도 집에서 할 수 있게 됐다. 팬데믹 이후로 업종을 가리지 않고 재택근무가 급증한 탓이었다. 한번 자리 잡은 재택근무 열풍은 팬데믹이 종식된 이후에도 사그라들 줄 몰랐다. 오히려 영역은 조금씩 확장됐고, 작년부턴 정신과 상담까지 가능해졌다.

덕분에 나처럼 자격증을 가진 정신과 의사는 병원에 출근하지 않고도, 집에서 편하게 돈벌이를 할 수 있게 됐다. 의대생 시절 전공을 정신건강의학과로 선택한 게 참 다행이었다.

일어나자마자 샤워를 하고 부엌 테이블에서 커피와 토스트로 아침을 때웠다. 오늘따라 유독 커피 향이 진하게 느껴졌다. 잔에 코를 대고 커피 향을 음미하고 있을 때, 스마트워치가 울리며 오전 10시 상담 예약이 십 분 남았다고 알려주었다. 남은 토스트 한 조각을 입에 욱여넣고, 양치를 할까 말까 잠시 고민했지만 결국 하지 않기로 했다. 입 냄새가 나더라도 환자가 맡을 일은 없으니까.

작은방으로 들어가 흰색 가운을 걸친 후 책상에 앉아 노트북을 켰다. 업무관리 시스템으로 어제 접수된 환자 기록을 보고 있을 때, 책상 위 홀로폰이 울렸다. 10시에 예약된 김소길 환자일 터였다.

얼른 거울을 보며 이빨에 뭐가 끼진 않았는지 살피고 나서 말했다.

"통화 연결."

홀로그램이 퍼지며, 헐렁한 민트색 바람막이를 입고 있는 김소길 환자의 모습이 나타났다. 환자 프로필엔 30세라고 적혀 있었는데, 촌스러운 패션과 푸석푸석한 피부 탓에 사십 대인 나보다 더 나이 들어 보였다. 지금 사용하고 있는 홀로폰은 작년에 출시된 것으로, 해상도가 매우 높아 사람들의 피부 상태까지 온전히 눈으로 확인할 수 있었다. 김소길이 고개를 까딱하며 쑥스러워하는 걸 보고 내가 말했다.

"안녕하세요, 김소길 씨. 정신과 전문의 박영로입니다."

"네, 안녕하세요. 이런 식으로 상담받는 건 처음이라 좀 어색하네요."

홀로그램 정신과 상담이 시행된 게 일 년여밖에 안 돼서인지, 거의 모든 환자의 첫마디는 이런 식이었다. 귀찮지만 애써 너그러운 표정을 지으며 설명해줘야 했다.

"부담 갖지 않으셔도 됩니다. 오히려 직접 마주 보고 상담하는 것보다 홀로폰으로 진행하는 게 효과가 더 크다는 결과가 얼마 전 타임스에 발표되었습니다. 아무래도 이렇게 상담하면 긴장을 덜 하게 되거든요. 요즘엔 상담받으러 병원으로 가시는 분들보다 일부러 이런 방식을 택하는 분들이 더 늘고 있습니다. 저도 그렇고 김소길 씨도 그렇고 얼마나 편하고 좋아요. 자, 이제 어떤 고민이 있는지 편하게 말씀해주시면 됩니다."

김소길은 길게 한숨부터 내쉬더니 입을 열었다.

"더 이상 살아갈 자신이 없습니다. 정말 확 죽어버리고 싶어요."

"왜 그런 생각을 하시게 된 거죠?"

김소길의 눈가에 금세 눈물이 고였다.

"얼마 전 첫사랑이자 마지막 사랑이었던 여자 친구 줄리엣이 죽었습니다."

"저런……. 정말 상심이 크시겠습니다. 그동안 누구에게도 마음을 표현하기 힘드셨죠?"

"네."

"마음을 좀 진정시키시고, 어떤 것도 괜찮으니 그동안의 일들을 저에게 말씀해줄 수 있으신가요?"

김소길은 생각에 잠긴 듯 공허한 표정으로 입을 열었다.

"작년 12월 말이었어요. 그때 제가 스물아홉 살이어서, 이십 대 마지막 일주일을 미국 여행을 하며 보내기로 결정했죠. 새벽에 뉴욕에 도착해 자유의 여신상부터 보러 리버티 섬으로 갔어요. 블루투스 이어폰으로 GPS 가이드의 설명을 들으며 부지런히 돌아다녔는데, 한국과 다르게 미세먼지도 별로 없고 공기가 참 달콤하더라고요. 거의 다 둘러보고 돌아가려는데, 한 여자가 제 옆을 스쳐 지나갔어요. 그녀를 보자마자 심장이 벌렁벌렁거리고 현기증까지 느껴졌죠. 제가 어릴 적부터 꿈꿔왔던 완벽한 이상형이었거든요. 글래머러스한 몸매에 갈색 머리, 커다랗고 신비로운 눈망울을 가진 그녀는 동서양의 분위기를 모두 풍겼어요. 제가 뚫어져라 쳐다보고 있으니 그녀도 고개를 돌려 저를 보더군요. 전 깜짝 놀라 핸드폰을 바닥에 떨어트렸어요. 그걸 보고 그녀가 방긋 웃었는데, 그 미소를 본 순간부터 사랑이 시작된 것 같아요."

김소길의 말을 들으며 다행이다 싶었다. 요즘 환자들과의 상담은 배우자의 외도나 성격 차이로 생긴 고민, 직장 문제와 사업 실패로 기인한 스트레스 같은 내용이 대부분이었는데 이번엔 절절한 사랑 이야기를 들을 것 같았기 때문이다.

사실 정신과 상담 업무에선 해법을 구체적으로 제시해주는 것보다 환자의 이야기를 묵묵히 잘 들어주는 것이 더 중요하다. 내가 진지한 표정으로 경청하자 김소길은 조금은 빨라진 어투로 말을 이었다.

 "용기 내 그녀에게 다가가면서 스스로도 놀랐죠. 전 수줍음이 많고 내성적인 성격이라, 좋아하는 상대 앞에선 말문이 막혀 그 흔한 연애 한 번 못 해봤거든요. 사람들과 관계를 맺는 것도 어려웠고요. 그래서 일도 재택근무로 할 수 있는 것만 했고, 친구도 몇 명 없었어요. 그런 제가 처음 본 여성에게 말을 건다는 건 굉장한 일이었죠. 영어 실력이 짧아 핸드폰 번역기를 켜려다, 진정성이 느껴지지 않을까 봐 부족한 실력에도 직접 영어로 첫마디를 건넸어요. 그런데 놀랍게도 그녀가 편하게 한국말로 하라더군요. 그녀가 한국말을 할 줄 아는 것에도 놀랐지만, 제가 한국 사람인 걸 어떻게 알았는지가 더 궁금했죠. 그녀는 저의 옷과 신발이 한국 브랜드고, 외모도 익숙해 바로 눈치챘다고 했어요. 그녀는 한국인 어머니와 미국인 아버지 사이에서 태어난 혼혈이며, 이름은 줄리엣이라고 하더군요. 어머니와 대화할 때는 종종 한국말을 쓴다고 했는데, 아주 수준급이었어요. 그렇게 우리의 관계가 시작됐습니다. 마침 그녀도 휴가 중이라 친구 삼아 일주일 동안 여행지를 함께 다녔어요. 가까운 거리는 자율주행 택시를 이용 했고, 먼 거리는 초고속 자기부상열차를 탔죠. 우리는 미국 전역을 여행하면서 많은 얘기를 나누었어요. 정말 저와 성격, 취미, 관심사가 놀라울

만큼 비슷했어요. 안 그래도 예쁜 사람인데 더욱 예뻐 보이기 시작했죠. 그녀를 보고 있으면 신이 내려준 천사는 아닐까 하는 생각이 들 정도였답니다."

행복했던 시절의 기억을 떠올려서 그런지 김소길의 표정이 조금은 밝아졌다. 그가 계속 편한 마음으로 말할 수 있게, 난 상체를 앞으로 기울이며 더욱 경청하는 티를 냈다. 그러자 허공에다 말하던 김소길도, 내 눈을 바라보기 시작했다.

"그렇게 행복한 시간을 보내다 다시 한국에 돌아오면서 멀리 떨어져 있게 됐지만, 홀로폰으로 그나마 그리움을 달랠 수 있었어요. 그 뒤로는 몇 달에 한 번씩 만났어요. 제가 시간을 내 비행기를 타고 뉴욕으로 가거나 그녀가 한국으로 왔죠. 홀로폰이 아무리 그럴싸해도 실제로 만나 함께 있는 것에 비할 바는 아니잖아요. 그녀의 따뜻하고 보드라운 살결을 어루만지고 있다 보면, 세상에서 제일 행복한 존재가 된 것만 같았어요. 그렇게 우리는 일 년 가까이 함께했어요. 기쁨은 물론 슬픔까지도 서로 나누며 사랑을 키워나갔죠. 정말로 그녀는 제 모든 것이었어요."

한참이나 추억담을 늘어놓던 김소길이 갑자기 울음을 펑 터트렸다. 그는 손바닥으로 눈물을 닦아내며 말했다.

"애고, 죄송합니다."

병원에서 대면 상담을 했다면 이럴 때 티슈를 뽑아 건네주는데. 홀로폰 상담은 이런 부분에서 아쉬웠다. 하지만 대부분의 환자가 상담 중에 눈물을 흘리니, 그때마다 내가 취하는 제스처가 있었다. 책상 위에 티슈를 한 장 뽑은 후 내 눈물을 닦는 듯한 포즈를 취하는 것이다. 그러면 환자들 역시 근처에 있는 티슈를 뽑아 자신의 눈물을 닦아내곤 했다. 김소길도 티슈를 뽑아 눈가를 훔쳐냈다. 난 늘 그랬듯 최대한 자상한 목소리로 말했다.

"얼마든지 우셔도 됩니다. 이 자리가 아니라면 어디서도 털어놓기 힘든 얘기잖아요. 괜찮아요, 소길 씨."

"감사합니다."

김소길은 물을 한 잔 마시고, 심호흡을 크게 하고는 말을 이었다.

"그런데 어느 날 갑자기 그녀가 홀로폰으로 헤어지잔 말을 했어요. 며칠 전까지만 해도 열렬히 사랑을 속삭였는데 말이에요. 너무나 뜬금없어 처음엔 장난인 줄만 알았다니까요. 전 당연히 믿을 수 없었죠. 연인들이 이별하는 게 대단한 일은 아니라지만, 우리와는 상관없는 일이라고 생각했거든요. 전 이유도 모른 채 그녀를 달래려고 노력했어요. 그녀는 고개를 숙이곤 아무 말 없이 계속 눈물만 흘렸어요. 전 너무 답답하고 화가 나 결국 소리까지 질렀는데, 그녀는 미안하다는 한마디를 남기고 일방적으로 전화를 끊더군요. 다음 날 전 그녀를 만나러 갔어요. 비싼 돈을 내고 민간인용 제트비행기를 이용해 한 시간 만에 뉴욕으로 건너갔죠. 하지만 그녀를 찾을 수 없었어요. 그녀가 이미 이 세상 사람이 아니었기 때문이에요. 전 엄청난 충격에 그 자리에서 실신할 뻔했어요. 줄리엣의 가족들 말로는, 그녀가 한 달 전에 위암에 걸렸으며 그때만 해도 진행 상태는 초기였다고 했어요. 요즘 뭐 그 정도의 병이야 몸에 나노로봇 두세 개만 넣어주면 알아서 바이러스를 박멸하고 세포 안으로 침투해 손상된 세포를 복구하니까 쉽게 나을 수 있잖아요. 줄리엣은 저에게 걱정을 끼치기 싫었는지 알리지 않고 나노로봇 투입 수술을 받았더군요. 그런데 문제는 망할 놈의 나노로봇이 부작용으로 암세포보다 빠른 속도로 증식되어, 엄청난 통증에 시달렸다는 거였어요. 병원에서도 십만 분의 일도 안 되는 확률의 부작용이라며 당황했지만, 이제 증식한 나노로봇이 온몸으로 퍼져 손을 쓸 수가 없다고 했대요. 그녀는 죽음이 거의 임박했다는 걸 직감하고 저에게 헤어지자고 한 거였어요.”

김소길은 또다시 울음을 터트렸다. 요즘 암이 정복됐다고 하지만, 아주 드물게 이런 문제가 생긴다는 건 나도 잘 알고 있었다. 치료하지 못하는 병이 거의 없다 보니 어쩌다 이런 일이 생기면 환자와 가족, 지인들은 더욱 충격받을 수밖에 없을 것이다. 숱한 상담으로 웬만한 일은 덤덤하게 넘기는 나도, 슬픔에 휩싸인 그의 얼굴을 보고 있으니 마음이 착잡했다.

김소길은 이내 분노에 찬 목소리로 외쳤다.

"평균수명이 백 살을 넘어서고, 나노로봇 시술이 개발된 후로 불치병이 사라졌다고 언론에서 떠들어대던 게 벌써 몇 년 전인데, 이게 무슨 말도 안 되는 일이냐고요! 전 아무것도 모르고 그녀에게 화까지 냈었어요. 그녀가 온몸을 휘감은 통증을 애써 숨기고 있는지도 모르고서. 정말 더 이상 살아갈 자신이 없어요. 매일매일 죽고 싶을 뿐입니다!"

난 일단 그가 흥분을 가라앉히길 기다렸다가 말했다.

"지금 상황에선 어떤 말도 위로가 안 된다는 거, 저도 알고 있습니다. 그토록 사랑했던 연인이 사망했을 때의 심정은 세상의 어떤 고통보다 클 거라 짐작됩니다. 그렇기에 김소길 씨가 죽고 싶다고 말하는 지금 심정도 충분히 다 이해해요. 하지만 고인이 된 줄리엣 씨가 과연 김소길 씨가 고통스러워하길 원할까요? 결코 그렇지 않을 겁니다. 아마 줄리엣 씨가 가장 바라는 것은 김소길 씨가 슬픔을 빨리 잊고 행복하게 살아가는 것일 겁니다."

"저도 그렇게 생각하려고 노력했어요. 하지만 제 나이 이제 겨우 서른입니다. 평균수명만 산다고 해도 앞으로 칠십 년은 더 살아야 하는데, 그 긴 세월 동안 어떻게 그녀 없이 살 수 있을지 끔찍하기만 합니다."

김소길의 심정을 이해 못 하는 건 아니지만, 이런 슬픔에는 시간이 곧 약일 수도 있었다. 좋은 사람을 또 만난다면, 딱 몇 년만 지나도 아픔을 딛고 아무렇지 않게 살아갈지도 모른다. 하지만 이런 생각을 솔직하게 말할 수도 없고, 그럴 타이밍도 아니니 잘 타일러야 했다.

"물론 쉽지는 않을 겁니다. 하지만 전 김소길 씨가 곧 힘을 내 열심히 살아가리라 믿습니다. 저도 최선을 다해 도울 거고요. 일단 오늘 약을 좀 처방해드릴 텐데요, 약물치료와 더불어 몇 번 더 심리치료를 병행해보는 게 좋을 것 같습니다. 다시 한 번 말할게요. 고인이 된 줄리엣 씨가 가장 바라는 것은 김소길 씨의 행복일 겁니다. 그건 제가 장담합니다. 소길 씨, 저를 믿고 꾸준히 치료를 받아보시면 어떨까요?"

한참을 생각하던 김소길은 나지막이 대답했다.

"그럼 한번 해보도록 하죠."

"좋은 선택이에요. 처방전은 소길 씨 핸드폰으로 전송해드릴 거고요. 다음 상담 예약을 모레로 잡아도 괜찮을까요?"

"네, 선생님."

김소길 환자와 상담을 끝내자마자 화장실로 뛰었다. 상담 전 급하게 먹은 토스트가 살짝 얹혔는지 속이 답답해 게워낼까도 고민했지만, 그 정도는 아닌 것 같아 꾹 참고 소변만 보고 나왔다.

부엌으로 가 얼음물 한 잔을 다 마시자 다행히 속이 좀 편해졌다. 목을 좌우로 움직여주면서, 조금 전 상담 내용을 복기해보았다. 그러다 보니 내가 지금 솔로인 게 참 다행스럽게 느껴졌다. 연애를 몇 번 해봤지만, 안 맞는 부분이 늘어나거나 다투고 나서 힘들어지면 바로 헤어졌다.

다만 그렇다 하더라도, 이상하게 과거의 기억들 중 연애에 관한 기억만 희미했다. 어릴 적부터 기억력이 좋은 편이라 유치원과 초등학교 시절까지도 생생하게 떠오르는데, 성인이 되고 만난 옛 연인들과의 추억들은 유독 어렴풋했다.

혹시 너무 힘들어서 망각 작용이 극대화된 건 아닐까? 아니라면 부분성 기억상실증인 걸까?

갑자기 두통이 밀려오는 것 같아 더 이상 생각하지 말기로 했다. 정신과 의사로 일하면서 매번 느끼는 거지만, 인간의 뇌는 정말 알다가도 모를 영역이었다.

스마트워치로 다음 상담 스케줄을 확인했다. 오전 11시에 27세 이철민 환자의 상담이 잡혀 있었다. 이 남자 역시 나와는 처음 상담하는 환자였다. 연이어 초진 환자를 상대하는 경우는 드물었다.

김소길과 차이점이 있다면, 이철민은 본인이 신청한 게 아니라 그의 친누나가 대신 예약을 했다는 것이다. 그러면서 환자에게 직접 홀로폰으로 전화를 걸어달라는 코멘트가 붙어 있었다. 이런 경우는 거의 없는데 아마도 복잡한 사연이 있을 것 같았다.

이후 어떤 일정이 있는지도 확인해봤는데, 오후 상담 예약이 하나도 없었다. 요즘 한창 바빴던 탓에 오히려 잘됐다 싶었다. 이번 상담만 끝나면 모처럼 밖에서 점심을 먹어야겠다고 생각했다. 배달 음식에 질려가던 터라 집 밖에서 먹는 음식이 그리웠다.

다시 작은방으로 들어가 책상에 앉았다. 점심 메뉴를 고민하다가 11시에 맞춰 이철민 환자에게 전화를 걸었다.

일 분 가까이 신호만 가다가 홀로폰이 연결됐다. 홀로그램이 퍼지자 다부진 체격의 이철민이 나타났다. 머리 스타일도 짧은 게 운동선수 분위기가 물씬 풍겼다.

쭈뼛거리는 상대를 보고 내가 먼저 인사했다.

"안녕하세요, 이철민 씨. 정신과 전문의 박영로입니다."

"네, 안녕하세요."

"누가 이철민 씨 상담을 예약했는지는 알고 계시죠?"

그는 마지못해 대답했다.

"아침에 누나한테 전화받았습니다. 하지만 썩 내키지는 않네요."

"철민 씨 마음이 지금 불편하시다는 건 잘 알고 있습니다. 그러니 힘드시면 다 말씀하지 않으셔도 괜찮습니다. 다만 저는

철민 씨가 안정을 찾아가는 데 도움이 될 수 있도록, 최선을 다할 것이라는 건 약속드릴 수 있습니다."

이철민은 그윽한 눈빛으로 한동안 나를 바라보더니, 곧 자신의 마음을 털어놓기 시작했다.

"전 사람을 죽인 몸입니다. 그냥 자살하고 싶은 생각뿐이에요."

사람을 죽였다니? 이건 또 무슨 일인가. 놀랐지만 애써 태연한 척하며 다음 말을 기다렸다.

이철민은 갑자기 왼손으로 자신의 오른팔을 때리듯 잡았다.

"이놈의 인공 팔 때문에……."

이철민의 오른팔은 인공 팔이었나 보다. 요즘 인공 신체는 사용하는 사람의 피부 톤까지 맞춰서 이식되어 눈으로 알아채기 어려웠다. 이철민은 자신의 인공 팔을 저주스러운 눈길로 바라보다 말했다.

"전 평소처럼 출근길에 제 차를 자율주행 모드로 가동한 후 느긋하게 가고 있었죠. 뒷좌석에 앉아 스마트폰으로 하루 일정을 검토하는데, 갑자기 자율주행 시스템 오류로 중앙선을 침범해 교통사고가 났어요. 요즘 한국에서 자율주행으로 사고가 발생하는 경우가 일 년에 고작 열 건 정도밖에 안 되는 걸로 아는데, 참 재수가 없었죠. 제 차는 전복되어 반파됐고, 그 충격으로 제 오른팔이 떨어져 나갔습니다. 곧바로 병원에 실려가 받은 진단은 훼손된 팔을 이어 붙이는 건 불가능하다는 것이었어요. 가족 동의하에 인공 팔을 이식했죠. 전 이틀이나 지나서야 의식이 돌아왔는데, 오른팔이 제 것이 아니라는 걸 직감적으로 알아차리곤 좌절했어요. 하지만 금세 인공 팔 제작 기술이 예상했던 것보다 뛰어나다는 걸 실감했어요. 인공 팔의 전기장치가 뇌파와 연결되어 생각하는 대로 움직이는 데 거의 무리가 없었거든요. 물론 진짜만은 못했지만 괜찮은 편이었어요. 무엇보다 인공피부가 무척 정교해 외관상 감출 필요가 없었다는 게 가장 마음에 들었죠. 그때까지만 해도 이 팔 때문에 사달이 날 줄은 정말 꿈에도 몰랐습니다."

난 흥미진진한 내용에 서서히 빠져들었다. 여느 상담과 달랐기 때문이다. 이철민처럼 특별한 케이스를 만날 때면 이 직업을 택한 게 참 잘한 일이라는 생각이 들었다. 돈을 주고도 못 들을 얘기를 돈을 받으면서 듣고 있으니 말이다.

"인공 팔로 인해 뭔가 큰 문제가 생긴 건가요?"

"그렇습니다. 이것 때문에 사람이 죽었으니까요."

이철민이 더 이상 말하는 걸 주저하는 듯했다. 난 애가 타는 마음을 감추려고 공연히 헛기침까지 했다.

"아픈 기억을 떠올리는 게 힘드시겠지만, 저에겐 다 말씀해주셔도 됩니다. 상담 내용은 전부 보안이 유지되고, 제가 자세한 내용을 알아야만 적절한 상담을 해드릴 수가 있거든요. 또 저에게 털어놓는 것만으로도 철민 씨에게 도움이 되는 부분도 있을 거고요."

잠시 고민하는 듯하다 이철민은 고개를 끄덕거리며 말을 이었다.

"전 퇴원한 후에도 인공 팔의 뇌파 적응을 위해 병원으로 재활을 하러 다녔는데, 어느 날 담당의가 복싱을 해보라고 권하더군요. 아무리 뇌파에 따라 작동하는 인공 팔이라도 원래 팔에 비하면 속도나 움직임 면에서 디테일한 차이가 있었기 때문이에요. 아무래도 병원에서 하는 재활엔 한계가 있는데, 일반인들처럼 복싱을 하다 보면 인공 팔을 더욱 자유자재로 쓸 수 있다고 담당의는 덧붙였죠. 곧바로 복싱장에 등록하고 복싱을 응용해 인공 팔 재활훈련에 들어갔어요. 처음엔 스스로 장애인이란 생각에 위축되기도 하고, 팔도 자연스럽게 움직이지 않아 힘들었죠. 하지만 담당의의 말처럼 시간이 지날수록 사용하는 게 점점 더 수월해지더라고요. 물론 진짜 팔로 느낄 수 있는 촉감 같은 감각은 거의 없었으나, 움직임이 자연스러워졌다는 사실만으로도 그렇게 기쁠 수가 없었죠. 근데…… 이 망할 놈의 복싱을 애초에 시작하는 게 아니었어요."

이철민은 당시의 기억을 떠올리는 것만으로도 고통스러웠는지, 말을 이어나가지 못했고 표정은 더욱 일그러졌다. 복싱장에서 인공 팔로 사고가 일어난 것 같은데, 도대체 어떤 일인지 너무 궁금했다. 하지만 일 분 넘게 기다려도 이철민의 입은 열리지 않았다. 마음이 조급했지만 재촉할 수 없었다.

이윽고 이철민이 고개를 슬며시 들고 내 눈을 응시했다. 그 눈빛이 정신과 의사인 나의 속마음을 꿰뚫어보는 것 같아 당황스러웠다. 그는 마음을 정리했는지 다시 말을 이었다.

"복싱을 한 지 석 달 정도 지나자 이제 재활훈련을 그만둬도 되겠다는 생각이 들었어요. 그즈음에 훈련하며 친해진 친구 하나가, 인공 팔을 제가 얼마나 잘 쓰는지 테스트해주겠다며 스파링 파트너를 자처했어요. 그동안 섀도복싱을 하거나 스텝을 밟으며 샌드백만 쳤는데, 이참에 직접 링 위에 올라가 경기를 해보고 싶다는 생각도 들었어요. 진짜 주먹을 휘둘러보고 싶었거든요. 그래서 그의 호의를 기꺼이 받아들였죠. 우리는 최대한 조심하느라 마우스피스와 헤드기어는 물론 낭심보호대까지 차고 링 위에 올랐어요. 전 가볍게 주먹을 휘두르면서 조금씩 파워와 스피드를 더해갔죠. 호흡이 가빠지며 힘들긴 했지만, 팔이 자연스럽게 움직이는 것을 느끼면서 나도 비장애인과 거의 차이가 없구나 싶어 기뻤죠. 들뜬 마음으로 스파링에 몰두하다가, 친구의 가드가 위로 올라간 틈을 보자 저도 모르게 인공 팔로 어퍼컷을 날렸어요. 그 친구는 전혀 예상 못 했는지 완전 무방비 상태에서 턱을 정확히 맞고 말았죠. 바로 다운되어 의식을 잃더라고요. 전 소스라치게 놀랐습니다. 관장님이 119를 불러 오 분도 지나지 않아 구급대원이 도착했지만, 이미 친구의 호흡은 끊어진 상태였어요. 인공 팔의 움직임은 기존 팔과 비슷하나, 힘 조절 시스템이 정교하지 않아 주의해야 한다는 담당의 말이 그제야 생각나더라고요. 하지만 이미 때는 늦어버렸죠. 눈 깜짝할 사이에 벌어진 일이었고, 슬퍼할 겨를도 없이 친구는 죽었어요. 정말 착한 놈이었는데…… 복싱장 사람들이 스파링 중에 벌어진 일이라고 증언해주어, 전 집행유예 처분만 받고 구치소에서 풀려났죠. 살인을 저질렀는데도 아무런 죗값도 치르지 않은 거예요."

이철민은 왼손으로 오른쪽 팔목 부위의 옷가지를 신경질적으로 올려버렸다. 그렇게 온전히 드러난 인공 팔은 무언가로 내려친 듯 전선과 회로기판까지 다 드러나 있었다. 아마도 이철민이 화가 나 스스로 자해를 한 것 같았다.

"그래서 철민 씨가 팔을 그렇게……"

"선생님께 연락이 안 왔다면 이건 벌써 박살 났을 겁니다. 사실 선생님과 통화하기 전에 망치로 이놈의 팔을 내려치고 있었거든요."

이철민은 왼손으로 눈물을 훔치며 말을 이었다.

"죽은 친구놈이 결혼한 지도 얼마 안 됐고 돌도 안 지난 딸아이까지 있는데, 장례식에서 넋 놓고 우는 제수씨와 아기를 보고 있자니 너무 죄송해 미쳐버리겠더라고요."

난 이번에도 티슈를 뽑아내 눈을 닦는 제스처를 했다. 하지만 이철민은 투박한 손가락으로 눈물을 털어냈다. 난 그가 진정될 때까지 기다리다 말했다.

"이철민 씨 심정은 충분히 이해됩니다. 하지만 그건 사고일 뿐입니다. 철민 씨 차량의 자율주행이 말썽을 일으켜 철민 씨가 사고를 당한 것처럼, 그분도 철민 씨 때문이 아니라 인공 팔로 인한 사고로 그렇게 된 것뿐이에요. 한마디로 이번 사건은 인공 팔이라는 문명의 혜택으로 일어난 사고라는 것입니다. 물론 그 과정에 철민 씨가 있었지만 그건 단지 운이 나빠서였어요. 그리고 고인이 된 친구분도 그 사실을 아실 테니 이철민 씨가 이렇게 힘들어하는 걸 결코 원치 않을 겁니다."

"전 정말 사람이 그렇게 쉽게 죽을 줄은 몰랐어요. 평균수명이 백 살을 넘었잖아요. 그리고 나노의학이 시작된 이후로 불치병이란 것도 사라진 세상인데, 인공 팔 한 번 잘못 휘둘러서 순식간에 사람을 죽이다니……."

"이철민 씨, 다시 한번 말씀드리지만, 그건 정말 사고였을 뿐입니다. 제가 일단 삼 일 치 약을 처방해드릴 텐데, 처방받으러 가는 길에 인공 팔도 수리받으세요. 팔 없이 살 순 없잖아요?"

이철민은 울먹거리다 소리쳤다.

"이놈의 인공 팔을 볼 때마다 그날 일이 생각나 견딜 수 없어요. 지금 당장이라도 이걸 부숴버리고 싶은걸요. 정말 살아갈 자신이 없습니다."

"물론 쉽지는 않을 것입니다. 하지만 전 철민 씨가 곧 힘을 내 열심히 살아가리라 믿습니다. 그렇게 되기 위해 저도 최선을 다할 거고요. 일단 제가 처방해드리는 약으로 약물치료와 함께 몇 번 더 상담치료를 병행하는 게 좋을 것 같습니다. 지금은 너무 힘드시다는 거 잘 알지만, 저와 같이 노력한다면 분명 좋아지실 거예요. 고인이 된 친구분도 철민 씨가 예전처럼 살아가길 바랄 겁니다. 그러니 앞으로 저와 상담치료를 이어나가면 어떨까요?"

이철민은 인공 팔을 멍하니 보면서 한참을 고민하다가, 나지막이 대답했다.

"죄송합니다. 아직은 상담치료를 받을 준비가 안 된 것 같습니다."

모든 상담 업무가 끝난 후, 난 의자를 뒤로 한껏 누이고 생각에 빠졌다. 이철민의 목소리에서 느껴지는 절망감이 너무 컸기에 걱정이 됐다. 돈을 안 받아도 되니 몇 번 더 상담을 해주고 싶기도 했다. 하지만 이철민은 돈이 문제가 아니라, 상담에 대한 의지 자체가 없어 보였다.

수첩을 꺼내 오늘 상담했던 김소길 환자와 이철민 환자에 대한 기록을 펜으로 정리했다. 컴퓨터 대신 굳이 펜으로 적는 이유는, 종이의 질감을 느끼면서 직접 글씨를 써 내려가는 걸 좋아하기 때문이다.

이 기록 정리는 정신과 상담 업무를 시작하며 하루도 빼먹지 않고 했던 일이다. 정신과 의사로서 더욱 발전하기 위해 하는 일이지만, 나중에 은퇴할 즈음 이 기록들을 바탕으로 책을 한 권 집필하고 싶은 마음도 있었다.

다 쓰고 나자 한낮인데도 피로가 몰려왔다. 내 기분까지 가라앉아서 그런지 점심을 먹으러 나가기도 귀찮아졌다. 그래서 그냥 배달 음식을 주문하자고 생각을 바꿨다.

***

어두운 회의실, 나를 포함해 네 사람이 커다란 원탁에 둘러 앉아 묵묵히 홀로그램 영상을 바라보고 있었다. 내 앞에 앉은 이들은, 내가 재직하고 있는 코스피 시가총액 6위 기업 'K메타 빌'의 임원진이었다.

우리가 보고 있는 홀로그램 영상은 K메타빌에서 출시를 앞두고 천 명의 지원자를 대상으로 일 년째 베타 서비스를 진행하고 있는 메타버스 게임 '메타유니콘' 지원자 박영로의 어제자 게임 모습 편집본이었다. 한마디로 박영로가 VR 기기를 착용한 채 진행한 게임 플레이 영상을 함께 보고 있었던 것이다. 난 영상을 보는 내내 긴장한 얼굴로 임원진의 표정을 살폈다.

내가 부장으로 있는 신개발사업부에서 만든 메타유니콘은 기존 메타버스 기반 게임들과는 달리 현실 세계를 최대한 반영한다. 그래서 게임 내 아바타의 얼굴은, 최소한의 필터 작업만 거친 채 실제 사용자 얼굴 그대로 등록돼야만 했다. 또한 게임 속 방 구조, 건물, 거리, 옷, 음식, 화폐 단위는 물론 각종 문화생활까지 최대한 현실과 흡사하게 반영되었다.

K메타빌은 오 년 전 사십여 개 국가와 우주 배경까지 반영한 메타버스 게임을 출시했다. 일억 명이 넘는 회원을 모아 막대한 이윤을 창출할 수 있었으며, 월정액 서비스를 도입해 안정적인 매출 실적을 유지하고 있었다. 하지만 최근 세계 유수의 기업들이 다양한 형태의 메타버스 게임을 선보이며 시장이 과열되었고, 다시금 우위를 점하기 위해 새로운 메타버스 게임을 준비한 것이다.

우리 회사가 취한 전략은 현실에서 완전히 벗어난 가상의 메타버스가 아니라 유저의 실제 환경을 변형한, 현실 기반 메타버스 게임을 만드는 것이었다.

사십 분가량 되는 박영로의 게임 홀로그램 영상이 끝나자, 어두운 회의실에 불이 들어왔다. 난 브리핑을 하기 위해 심호흡을 하고 일어났다. 그리고 최대한 자신감 넘치는 표정으로 임원들을 둘러보며 말했다.

"방금 보신 영상은 '메타유니콘' 베타테스트에서 성공적인 케이스였던 박영로 씨의 게임 모습입니다. 박영로 씨는 게임 속 상황에 완전히 동화되어 현실과 메타버스 세상을 구분하지 못하는 데 이르렀습니다. 아니, 더 정확히 말씀드리자면, 기존의 현실은 완전히 잊고 메타버스 세상을 현실로 인지하게 돼 버린 것이죠."

원탁 가운데 자리에 앉은 백발의 김 회장이 만족스럽다는 듯 박수까지 치며 말했다.

"정말 놀라워, 최상업 부장. 이 정도 성능이라면 시장에서 선풍적 인기를 끌 수 있을 것 같군. 그런데 말야…… 성공적인 케이스를 보여준 거라지만, 실험 결과가 너무 쇼킹한걸."

내가 답변하려는 순간, 홀로그램 영상을 보는 내내 미심쩍은 표정을 짓고 있던 오 전무가 끼어들었다.

"회장님, 아무리 저희 회사 메타버스 게임이라 해도 평범한 사람이 저 정도까지 메타버스 세상과 현실을 구분하지 못한다는 게 믿기지 않습니다. 더구나 현실의 기억까지도 망각한다는 건 정말 이해가 안 되는 점입니다."

김 회장이 일리가 있다는 표정을 지으며 고개를 끄덕거리자, 오 전무는 나를 보며 물었다.

"최 부장, 정말 저 영상에 나온 박영로는 메타유니콘을 하기 전엔, 문제가 없던 사람이 맞습니까?"

브리핑을 준비할 때 반드시 나올 것이라 짐작했던 질문이었다. 난 계획대로 테이블 위 태블릿PC를 들고 화면을 터치했다. 벽면에 설치된 대형 모니터로 페어링되었다. 화면엔 박영로의 증명사진과 함께 그의 프로필이 적혀 있었다.

이름: 박영로

나이: 43세

직업: 무직

주소: 서울시 관악구 신림동

학력: 한국대학교 의학박사

경력: 한국대학교 의과대학 흉부외과 부교수

특이사항: 수술 중 의료사고로 환자 사망. 과실 인정되어 면직처분

난 레이저포인터로 학력 부분을 가리키며 말했다.

"보시다시피 지원자 박영로 씨는 한국대학교 의과대학을 나와 흉부외과 부교수로 근무했던 브레인입니다. 작년에 의료사고를 내 면직처분을 받긴 했지만, 사회생활과 인간관계 면에서 아무런 문제가 없던 우수한 인재였죠. 물론 의료사고를 내고 힘들어 하긴 했으나, 확실한 건 정신과 치료 전력은 한 번도 없던 사람입니다. 박영로 씨 외 베타테스트 참여자 전원, 정신과 치료 전력이 없는 사람으로만 선발했습니다. 사실 중증 환자가 아니라면 베타테스트에 참여한다 해도 문제 될 게 없으나, 보다 정확한 테스트를 진행하기 위해 신중에 신중을 기

했던 것입니다."

오 전무는 나의 말이 끝나기 무섭게 몰아붙였다.

"프로필엔 흉부외과 의사로 돼 있는데, 왜 메타유니콘 게임에선 정신과 의사로 활동하고 있는 거죠? 메타유니콘은 최대한 현실을 기반으로 한 메타버스 게임인데 흉부외과에서 정신과면 너무 벗어난 것 아닙니까?"

말끝에 날이 선 느낌이었다. 오 전무는 우리 신개발사업부를 탐탁지 않게 생각했던 인물이었다. 난 최대한 평정심을 유지하며 대답했다.

"오 전무님 말씀대로 저희 메타유니콘은 최대한 현실을 반영한 메타버스 게임입니다. 그렇기 때문에 참여자들은 게임을 등록할 때 자신의 실제 상황과 지나치게 거리가 먼 조건으론 설정조차 할 수 없죠. 하지만 흉부외과 의사가 정신과 의사로 등록하는 정도는 얼마든지 가능합니다. 둘 다 의사니까요. 박영로 씨는 수술 중 의료사고로 환자가 사망하고 면직처분이 되자 외부와 단절한 채 극도로 고통스러워했습니다. 그래서 메타유니콘 베타테스트에 참여할 때, 다른 조건들은 그대로 등록하고 직업만 정신과 의사로 설정했던 겁니다. 어차피 같은 직종이라 등록 규정에도 위반되지 않았고요. 수술 없이 환자들을 대할 수 있으니 정신과 의사를 선택한 것 같습니다. 베타테스트에 처음 참여할 때만 해도 정신과 의사로 게임에 참여하고 있지만, 자신이 흉부외과 의사였다는 걸 인지하고 있었습니다. 하지만 게임 기간이 길어지면서, 과거의 기억을 완전히 망각하고 스스로 정신과 의사라고 믿는 단계까지 도달한 것이죠."

나의 말이 끝나자 회의실은 정적에 휩싸였다. 완전히 몰입한 듯한 임원진들의 표정에 괜히 어깨가 으쓱해졌다. 잠시 후 가만히 지켜보고만 있던 주 상무가 부드러우면서도 강한 어조로 말했다.

"굉장히 놀라운 결과네요. 그런데 메타유니콘이 아무리 현실적인 게임이라고 하더라도, 다른 메타버스 게임들과 마찬가지로 게임을 하는 동안 VR 기기를 착용해야 하잖아요. 그럼 세수를 하거나 잠을 자거나 할 때, VR 기기를 수시로 벗을 수밖에 없지 않나요? 이렇게까지 현실을 망각할 수 있다는 게 좀 신기하네요. 최상업 부장님이 이런 부분들에 대해서 설명을 좀 해주시면 좋겠습니다."

베타테스트 영상을 보는 사람이라면 누구라도 가질 수밖에 없는 의문이었다. 이 게임을 개발한 나와 우리 부서 직원들도 놀라운 결과에 충격을 받았으니 말이다. 난 생각을 정리해 차근차근 대답했다.

"요즘 VR 기기는 과거에 비해 경량화되고 착용감이 편해졌습니다. 몇 년 전부터는 스마트기기를 머리에 뒤집어쓰지 않고 VR 기기만으로도 뇌파 인식이 가능해졌고요. 하지만 어떤 VR

기기 제품이라도 장시간 착용으로 인한 두통 증상을 완전히 개선한 경우는 없었죠. 저희 베타테스트 참여자 천 명 중에도 백여 명 정도는 두통이 심해져 중도에 포기했습니다. 그런 과정을 거치면서, 보완점을 수시로 업데이트하여 저희는 VR 기기 착용 중 일어나는 두통을 다른 회사의 그 어떤 제품들보다 최소화할 수 있었습니다. 그러다 보니 VR 기기를 착용한 채로 장시간 게임이 가능해져 현실을 망각하는 것도 쉬워졌습니다. 물론 그렇다 해도 주 상무님 말씀대로 VR 기기를 벗어버리면, 바로 현실 세계로 돌아오기 일쑤죠. 하지만 저희 메타유니콘은, 실제 세상에 3차원 가상물체를 겹쳐 보여주는 증강현실 기술을 최대한 반영했습니다. 때문에 현실의 공간과 VR 기기를 착용하며 활동하는 공간이 다르지 않게 느껴질 수도 있었던 거죠. 특히 방금 보여드렸던 박영로 씨는 저희 메타유니콘 게임에 과몰입하여, 하루 대부분의 시간을 VR 기기를 착용하고 있었습니다. 그 상태로 잠을 잘 때도 많았고, 저희 VR 기기가 방수가 되다 보니 착용한 채로 세수를 한 적도 있었고요. 물론 그렇다 해도 나흘 이상 연속으로 착용한 사람은 없었고, 대부분의 참여자는 하루 평균 서너 번 정도는 기기를 벗었습니다. 하지만 현실과 메타유니콘 게임의 배경이 흡사하다 보니, 현실 세계와 메타버스 세계를 구분하기가 점점 어려워진 것이죠."

주 상무에게 한 대답에 설득됐는지, 오 전무가 아까보단 조금 부드러운 목소리로 물었다.

"그럼 박영로 씨가 상담했던 김소길 씨와 이철민 씨는 메타유니콘에서 제작한 이미지입니까? 아니면 박영로 씨의 뇌파 센서가 반영돼 자동으로 생성된 이미지입니까?"

"둘 다 아닙니다. 아무리 그런 기술들이 발전했다고 하더라도 이 정도까지 생생할 순 없죠. 두 분 다 실제 인물입니다."

"그럼 김소길 씨와 이철민 씨는 게임을 위해 일시적으로 투입된 연기자입니까? 아니면 베타테스트에 참여한 분들입니까?"

"당연히 실제 베타테스트에 참여한 분들입니다."

오 전무는 다시 의문스러운 부분이 생겼는지, 입술을 쓰읍 거리다가 물었다.

"저희가 방금 본 영상에서 김소길 씨와 이철민 씨는 정신적으로 굉장히 고통스러워하고 있지 않았나요? 제 생각엔 아마도 그들이 원래 인생인 고통스러운 현실에서 벗어나고자 메타유니콘 베타테스트에 참여했을 것 같은데, 흉부외과 의사한테 정신과 상담을 받게 되는 건 너무 가혹한 상황 아닙니까?"

난 베타테스트 지원자들 신상에 대해 상세히 알고 있었기 때문에 순간 웃음이 터져 나올 뻔했다.

"사실 김소길 씨는 모태솔로입니다. 그러다 보니 자신이 꿈꿨던 완전한 이상형과의 연애를 메타유니콘에서 실현한 것이죠. 그래서 실제로 메타유니콘 세계에서 몇 개월 동안 줄리엣과 행복한 연애를 했습니다. 하지만 연인들끼리 그냥 데이트만 하다 보면 설레는 감정도 조금씩 식을 수밖에 없잖아요. 그러니 수많은 멜로드라마에서도 온갖 갈등과 비극적인 상황이 연출되는 것이죠. 그런 시련이 있어야 사랑하는 감정이 폭발하는 법이니까요. 저희가 김소길 씨의 무의식을 반영해서, 이런 상황을 이끌어냈습니다."

내 말에 깜짝 놀란 주 상무가 눈을 동그랗게 뜨며 물었다.

"그럼 인공 팔 수술을 한 이철민 씨는 현실에선 장애가 없는 사람인가요?"

"아닙니다. 정반대라고 볼 수 있죠. 이철민 씨는 사지를 모두 쓸 수 없는 전신마비 환자입니다."

회의장에서 탄식이 흘러나왔다. 묘하게 바뀐 공기의 흐름을 느끼며 브리핑이 잘 진행되고 있다는 걸 확신했다. 좀 더 자신 있는 목소리로 말을 이었다.

"이철민 씨는 실제 자율주행 사고로 인해 전신마비 판정을 받았습니다. 날마다 괴로워하며 죽고 싶다는 말만 하자, 그의 가족이 대신해 저희 메타유니콘 베타테스트에 지원했고 결국 이철민 씨가 참여하게 된 것이죠. 하지만 전신마비 장애인이 아무런 장애도 없는 사람으로 참여하는 건 현실 기반 메타버스 게임인 메타유니콘 등록 조건에 맞지 않아, 교통사고로 오른팔만 잃고 인공 팔을 이식한 사람으로 설정해 게임을 진행했던 겁니다. 그런데 아무리 메타버스 세계라 하더라도, 인공 팔 재활훈련을 위해 복싱을 한다는 게 참 웃기는 소리잖아요. 하지만 저희 메타유니콘이 너무 현실적이다 보니 그런 부분까지도 완전히 믿어버리게 된 거죠."

오 전무는 나의 말을 전부 인정할 수는 없다는 듯 고개를 절레절레 흔들다가 물었다.

"최 부장, 듣고 보니 그럴듯하긴 한데 솔직히 백 퍼센트 믿기가 힘드네요. 십여 년 전에 여러 나라에서 메타버스 게임들이 출시된 후부터 최근까지 엄청나게 발전했지만, 이 정도로 현실과 메타버스를 구분하지 못하는 케이스를 본 적이 없거든요. 어떻게 본인의 의지로 돈을 받고 베타테스트에 참여한 사람들이 일 년도 안 돼 그 사실을 완전히 망각한 채 메타버스를 현실로 믿을 수 있다는 겁니까? 혹시 원하는 결과를 얻기 위해 베타테스트 결과를 조작한 건 아닙니까?"

너무 공격적인 질문에 당황스러웠지만, 난 최선을 다해 대답했다.

"중요한 질문 감사합니다. 베타테스트 과정을 일 년여 동안 지켜본 저도 이 세 명의 참여자로부터 얻은 결과는 충격적이었습니다. 하지만 저희 메타유니콘은 이전의 어떤 메타버스 게임들보다 현실 기반으로 제작되었으며 시각과 청각뿐만 아니라, 뇌파 변형을 통해 후각과 촉각까지도 충족시키는 게임입니다. 물론 워낙 충격적인 결과라 오 전무님이 의심스러워하시는 것도 당연히 이해합니다. 그래서 베타테스트 지원자들의 실험 직전 모습과 일 년여 동안 테스트를 진행한 과정을 모두 영상으로 보관해두었습니다. 또 원하시면 이들이 메타유니콘 게임을 하며 순간순간 변하던 심박수 기록과 동공의 움직임까지 담긴 영상들도 모두 보여드릴 수 있습니다. 전 단지 빠르고 정확한 브리핑을 위해, 제일 핵심적인 영상만 보여드린 것입니다."

깊은 생각에 잠긴 듯한 김 회장이 손가락으로 턱을 문지르며 물었다.

"메타버스 게임에서 가장 중요한 '현실감'을 정말 완벽하게 실현했어. 그 점은 칭찬해, 최 부장."

"감사합니다, 회장님."

"그런데 말이야. 아무리 우리 회사에서 이렇게 좋은 메타버스 게임을 만들어 출시하고 인기를 끈다고 해도, 베타테스트 영상 같은 상황들이 곳곳에서 벌어진다면 언론에서 인권이니 기업윤리니 물고 늘어지는 상황이 생길 것 같단 말이야. 물론 그딴 반응들은 무시해도 된다고 생각하지만, 논란이 많아지면 주가도 떨어지고 주주들도 예민해질 거야. 최 부장, 혹시 대응 방식 같은 것도 생각해놓은 게 있나?"

열심히 준비한 브리핑에서 강렬한 인상을 남길 타이밍이 바로 지금이라는 게 느껴졌다. 난 김 회장의 눈을 뚫어져라 바라보며 대답했다.

"사실 저희 부서가 메타유니콘을 개발해 이런 소리를 하는 건 아닌데요, 전 메타유니콘이 굉장히 윤리적이며 인류에 큰 도움이 되는 게임이라고 생각합니다. 메타유니콘 때문에 현실에선 연애 한 번 못 해본 모태솔로가 불같은 연애를 하며 뜨거운 사랑의 감정도 느낄 수 있고, 옴짝달싹도 못 하는 전신마비 환자가 비교적 덜 불편한 장애를 가진 환자라고 온전히 믿으며 활동할 수도 있었으니까요. 그리고 아까 박영로 씨에 대해 한 가지 말씀 안 드린 게 있는데, 사실 박영로 씨가 흉부외과 의사 시절 의료사고를 내 죽게 만든 사람은 바로 그의 아내였습니다. 때문에 박영로 씨는 두 배의 슬픔과 고통 속에 빠져 살던 사람이었죠. 저희 메타유니콘이 아니었다면 그는 벌써 자살해 이 세상 사람이 아닐 수도 있었습니다."

김회장은 내 논리가 그럴듯하다고 느꼈는지, 갑자기 큰 소리로 웃으며 힘껏 박수를 쳤다.

"아주 훌륭해. 내 회사에서 만든 게임이라지만 정말 예술이야, 예술. 정말 잘했어. 최상업 부장, 메타유니콘은 우리 회사의 역작이 될 것 같아. 다음 달 17일이 창립기념일인데 그날 맞춰 출시할 수 있겠나?"

"물론입니다, 회장님."

"그래그래, 홍보팀에 마케팅 비용도 최대한 지원해줄 테니,

지금까지 해왔던 것처럼 마지막까지 최선을 다해봐."

사무실로 돌아와 우리 부서 직원들에게 회장의 반응을 전해주었다. 회장의 아낌없는 칭찬에 기분이 날아갈 것만 같았다. 직원들도 신나 두 손을 흔들며 환호성을 지르고 발을 굴렀다. 누군가 퇴근 후 회식을 하자고 소리쳤고, 이미 법인카드까지 받았기에 당연히 오케이 했다.

내 책상으로 돌아와 앉아 심호흡을 한 번 크게 했다. 긴장이 풀려 그런지 갑자기 약간의 오한과 두통이 느껴졌다. 어쩌면 흥분 상태가 계속되어 그런지도 몰랐다. 이런 성과를 낸 스스로가 너무도 자랑스러웠다. 지금의 벅찬 감정을 기록하기 위해 수첩을 꺼내 일기를 쓰기 시작했다.

난 최첨단 메타버스 게임을 개발하는 부서장이지만, 워드 프로그램보다 종이와 펜을 좋아했다. 직접 손으로 글씨를 쓰는 아날로그 감성을 즐기곤 했다. 기쁜 마음으로 오늘 브리핑을 하며 있었던 일들을 또박또박 써 내려갔다.

***

이십 대인 임봉구와 임진구 형제는 고인이 살아있는 동안 사용하던 물건을 정리하고 특수청소 작업까지 대행하는 유품정리사였다. 임씨 형제는 일을 시작한 지 몇 년 안 됐음에도 어렵지 않게 자리를 잡았다. 오히려 일이 너무 몰려 주말에도 쉴 틈이 없을 지경이었다.

1인 가구가 늘기 시작하면서 주위에 아무도 없는 상태에서 혼자 죽는 고독사도 늘어났다. 매년 이렇게 고독사로 사망하는 사람들이 급증하면서 유품정리사를 찾는 고객들도 많아진 것이다.

최근에는 '메타코모리'들의 고독사 현장 작업 비중이 갑작스럽게 높아졌다. 메타코모리는 '메타버스'와 '히키코모리'를 섞은 합성어였다. 몇 년 전부터 세계적으로 메타버스 게임이 엄청나게 유행하면서, 외부와 완전히 단절된 채 집 안에 틀어박혀 메타버스 게임만 하는 사람들이 폭증했다. 이들이 사회적인 문제로 대두되자 이런 신조어까지 생긴 것이다.

여러 메타버스 게임 중 특히 현실을 잘 반영한 메타유니콘은 폭발적인 인기를 끌었다. 메타유니콘을 서비스하는 국내 기업 K메타빌은 한국 최고의 기업을 넘어, 세계 시가총액 기준으로도 애플, 사우디아람코, 마이크로소프트, 구글, 아마존에 이어 6위인 공룡 기업으로 급성장했다.

임씨 형제는 토요일인 오늘도 고독사 현장인 신림동 원룸을 찾았다. 고독사한 사람은 최상업이란 44세의 남자였는데, 그의 가족이 유품 정리를 의뢰한 것이다. 다른 정보는 하나도 없었지만, 늘 그렇듯 유품을 정리하다 보면 최상업이란 사람의 인생사를 대충 알 수 있을 터였다.

원룸의 현관 앞에서 형제는 방호복으로 갈아입고 문을 열었다. 열자마자 방에 갇혀 있던 악취가 뿜어져 나오면서 코를 찔렀다. 사체는 구급대원에 의해 병원을 거쳐 장례식장으로 옮겨진 뒤였지만, 냄새가 심한 것으로 보아 사망하고 한참 뒤에나 발견된 듯했다.

형제는 방독마스크까지 착용한 다음, 고인을 위로하는 간단한 멘트를 하고서 작업을 시작했다. 현장에서 동생인 진구는 바닥 청소와 소독을, 형인 봉구는 유품 정리와 쓰레기 정리를 했다. 침대와 책상 등 큰 가구는 함께 옮겼다.

최상업의 유족들은 유품들을 모두 버려달라고 했으며, 현장에도 오지 않았다. 이로써 알 수 있는 건, 최상업의 유품 중에선 돈 되는 것이 없다는 것과 가족들과의 관계가 좋지 않다는 것이었다.

이런 경우는 유품도 쓰레기와 마찬가지로 봉투에 대충 담아 소각 처리하면 됐고, 마음에 드는 물건은 챙길 수도 있어 괜찮았다. 물론 고독사 현장에서 챙길 만한 값나가는 물건이 나온 적은 거의 없지만, 임봉구는 메타유니콘 VR 기기를 손에 넣을 때면 작은 행복을 느꼈다.

최상업의 일곱 평 원룸에는 기본적인 가전과 가구들, 치우지 않은 쓰레기와 재활용품, 라면과 즉석밥 외에 별다른 것들이 없었고, 그 흔한 TV조차 없었다. 하지만 그의 책상 위에도 메타유니콘 VR 기기는 놓여 있었다. 임봉구는 그걸 들어 이리저리 살피며 씨익 웃었다.

물론 임봉구도 메타유니콘 VR 기기를 소장하고 있었다. 게다가 메타유니콘 VR 기기는 가격도 높지 않았다. 값이 나가는 건 하드웨어가 아니라 소프트웨어였다. 다만 임봉구는 저장된 타인의 메타유니콘 게임 장면을 보는 것을 좋아했다.

최상업이 메타유니콘 게임 활동을 저장해놨는지는 모르는 일이었지만, 직감상 분명 있을 것 같았다. 그저 메타유니콘을 취미로 즐기는 사람들과 달리, 종일 메타유니콘만 하는 메타코모리들은 자신의 게임 진행 상황을 모두 자동으로 저장해놓는 일이 많았다. 정확한 이유는 알 수 없지만, 방구석에 틀어박혀 초라한 삶을 살다 보니 게임 속에서의 화려한 모습들을 남김없이 기록하고 싶은 마음이 든 게 아닐까 생각했다.

다만 그렇더라도 보안을 위해 지문 인식을 설정해놓는 경우가 대부분인데, 확인해보니 최상업 역시 보안을 걸어놓은 상태였다. 하지만 이 현장은 최상업의 주거지여서 그의 지문을 얼마든지 채취할 수 있었고, 그 지문을 떠서 보안을 풀면 되니 별걱정이 없었다.

임봉구가 책상에 있던 물컵에서 지문을 채취한 용지로 메타

유니콘 VR 기기의 보안을 해제하자, 청소를 하던 동생이 다가
와 물었다.

"또 그거 보려고?"

"응."

"남 메타유니콘 활동 보는 거 안 질려?"

"응, 전혀. 재밌기만 한걸."

"취미가 메타유니콘 게임인 사람은 세계에 수억 명 있겠지
만, 형처럼 남의 메타유니콘 게임 장면 훔쳐보는 거 좋아하는
사람은 별로 없을 거다."

임봉구도 동생의 말이 틀린 것은 아니라고 생각해 머쓱하
게 웃었다. 임진구는 VR 기기를 낚아채 만지작거리며 물었다.

"최상업 씨 건 저장된 거 많아?"

"VR 기기랑 연결된 클라우드 용량 표시를 보니 최근 사 년
치는 저장돼 있는 것 같다."

임진구는 짓궂게 웃으며 말했다.

"형, 그거 스킵하면서 본다 해도 다 보려면 한참 걸리겠다."

"왠지 이 사람 건 역대급으로 재밌을 것 같은 느낌이야."

"왜?"

임봉구는 아까 청소를 하다 봉투에 넣은 유품 중에서 낡은
사원증 목걸이를 꺼내 보여주었다. 사원증에는 최상업의 증명
사진과 '인턴 최상업'이란 글씨와 함께, 메타유니콘을 제작한

회사인 K메타빌 마크가 있었다.

그걸 보고 임진구가 놀라 물었다.

"와! 이 사람 K메타빌 직원이었어? 그럼 연봉도 장난 아니었을 텐데, 왜 이렇게 거지같이 살았을까?"

"인턴으로 근무했지만 정직원 전환에 실패했겠지. 대부분 그러니까. 그래서 우울하게 지내다, 메타유니콘에 중독되어 메타코모리가 된 게 아닐까?"

"우리 형, 이 일 몇 년 하더니 완전 탐정 다 됐네."

"됐네, 이 사람아. 바닥은 다 치운 거지? 얼른 마무리하고 가자."

형제는 유품정리를 마치고 마무리 소독까지 한 뒤 현장을 빠져나왔다. 임봉구는 혹시 몰라 유족에게 다시 전화해 VR 기기를 전달해드릴지 물어봤는데, 역시나 그냥 버려달라는 답변이 돌아왔다.

임진구는 소각장엔 자신이 가서 물건들을 소각하고 올 테니, 형은 집에 가서 취미 활동이나 하라며 생각해주는 척 굴었다. 오늘 획득한 최상업의 메타유니콘 저장 영상을 마음 놓고 보라는 뜻이었다. 임봉구는 동생에게 고맙다고 손을 흔들어주곤 집으로 먼저 들어갔다.

도착하자마자 대충 샤워를 하고 바로 최상업의 메타유니콘 영상 데이터를 백업했다. 그리고 홀로그램으로 페어링해 시청하기 시작했다. 기대했던 대로 흥미진진한 내용이었다.

그날 임진구는 여자 친구 집에서 자고 온다고 연락이 왔고, 다행히 다음 날 일요일엔 근무가 없었기에 임봉구는 자정까지 영상을 볼 생각이었다. 그런데 너무 극적인 내용들이 이어지다 보니 계속 스킵하면서 봤는데도 밤을 꼬박 새웠다.

다음 날 저녁 임진구가 집에 돌아왔을 때까지도 임봉구는 영상을 보고 있었다. 어이가 없었는지 임진구가 빈정거리듯 물었다.

"설마 어제부터 안 자고 계속 본 건 아니지?"

"이거 장난 아니야. 도저히 멈출 수가 없어!"

"도대체 무슨 상황들이 있길래 그러는데?"

"내가 최상업 씨는 K메타빌에서 인턴하다가 잘린 사람인 것 같다고 했지?"

"응."

"그래서 그런지 메타유니콘에선 상황은, 최상업 씨가 K메타빌에서 계속 근무하면서 승진해 신개발사업부 부장까지 올라 갔더라고. 근데 더 대박인 건 최상업 씨가 메타유니콘 내에선 직접 메타유니콘을 개발한 사람처럼 돼 있다는 거지."

"와! 진짜? 졸라 웃기네."

"근데 그 상황들이 굉장히 구체적이고 사실적이야. 그래서 나도 어디까지가 진짜고 어디까지가 가짜인지를 모르겠다."

"그게 무슨 말이야?"

"최상업 씨가 회사에서 메타유니콘을 개발하는 설정으로 활동하면서 개발 과정 중 베타테스트를 진행했는데, 거기 참여한 지원자들이 너무나 진짜 같은 거야. 근데 최상업 씨는 메타유니콘 유저니까 그렇다 쳐도, 자신이 메타유니콘을 개발한 사람이라고 설정한 다음 진행한 베타테스트에는 실제 유저가 참여할 리가 없잖아. 근데 그 참여자들조차도 뇌파 반영으로 자동 생성된 캐릭터가 아니라 실제 인물 같더라고. 그래서 나 지금 너무 헷갈려."

"뭐가 그렇게 복잡해? 난 들어도 이해가 안 된다. 형이 무슨 말 하는지 잘 모르겠어."

"좀 그렇지? 나도 밤새워서 계속 보다 보니 뭐가 현실이고 뭐가 메타버스인지 헷갈리려고 하네."

"봉구 형! 계속 이런 것만 보다가 형도 최상업 씨처럼 메타코모리 될까 봐 겁난다. 이제 그만 끄고 얼른 자. 잠 충분히 못 자면 몸 축난단 말이야."

동생의 걱정스러운 타박에 떠밀려 임봉구는 제 방으로 들어갔다. 하지만 머릿속에는 최상업의 메타유니콘 게임 영상이 계속 아른거렸다. 그리고 지난주에 봤던 다른 메타코모리인 장정민의 메타유니콘 영상까지도 떠올랐다.

장정민은 초등학생 때부터 축구선수로 두각을 나타냈지만 프로 데뷔 직전 부상을 당해 은퇴한 후 메타코모리로 지내다

고독사한 남자였다. 하지만 그는 메타유니콘 세상에선 프리미어리그의 리버풀 FC 주전 공격수로 활동하며, 챔피언스리그 4강까지 올라갔다.

임봉구는 이런 상황들이 씁쓸했지만, 그래도 그들이 메타유니콘 때문에 지옥 같은 현실에서 벗어나 최고의 행복을 누리며 살 수 있었던 게 아닌가 하는 생각도 들었다.

그러자 임봉구는 자신도 그들처럼 메타유니콘 세상에서, 어릴 적부터 꿈이었던 베스트셀러 작가로 활동해보면 어떨까 생각했다. 하지만 바로 고개를 저으며 포기했다. 자칫 그러다 자신도 최상업과 장정민처럼 미쳐버리진 않을지 걱정됐기 때문이다.

임봉구는 책상 서랍에서 노트와 펜을 꺼내 의자에 앉았다. 한때 소설을 열심히 썼으나 공모전에서 번번이 떨어지자 좌절했다. 지금은 먹고살기 위해 유품관리사로 일하고 있지만, 아직 작가의 꿈을 포기한 건 아니었다. 글쓰기의 감각을 놓치지 않으려, 소설은 아니더라도 일기는 꾸준히 기록하고 있었다.

임봉구는 조금 전까지 봤던 메타유니콘 영상에 대한 감상을 써 내려가다가, 최상업이 메타유니콘 게임 속에서 일기를 쓰던 모습이 떠올라 순간 섬뜩해졌다. 찝찝한 기분에 더 이상 쓰는 걸 포기하고 침대로 가서 벌러덩 누웠다. 얼마 후 침대 맡에 놓여 있던 AI 스피커에서 청아한 음성이 흘러나왔다.

—내일 4월 24일은, 동생 임진구 씨의 세 번째 기일입니다. 고인과의 추억을 떠올리며 추모하는 시간을 가져보세요.

　임봉구는 순간 분노가 치밀어 올랐다.

　"씨발! 이게 뭔 개소리를 하고 있어!"

　임봉구는 몸을 반쯤 일으켜 따귀를 때리듯 손바닥으로 AI 스피커를 날려버렸다. 어찌나 세게 쳤는지 AI 스피커는 바닥에 부딪혀 박살이 난 채 사방으로 흩어졌다.

　요즘 뉴스에 AI 스피커 해킹 관련 소식이 많이 나왔는데, 이것도 해킹당한 것 같았다. 그런 게 아니라면 멀쩡히 살아있어서 조금 전 대화까지 나눈 동생을 죽은 사람 취급할 수는 없기 때문이다. 그는 AI 스피커가 해킹되었다는 사실보다, 하나뿐인 동생을 가지고 장난친 해커의 알 수 없는 의도에 더 화가 났다.

　두 형제는 어릴 적 부모님을 뺑소니 사고로 한날한시에 잃어서 그런지, 누구보다 서로를 의지하며 자랐다. 임봉구는 임진구를 자식 같은 마음으로 보살폈다. 그는 자신의 목숨보다 소중한 혈육을 모욕한 해커를 도저히 용서할 수 없었다.

　임봉구는 다음 날 아침 일찍 직접 경찰서를 찾아가 고소장을 작성하겠다고 다짐하며 다시 누웠다. 너무 화가 나서 잠은 다 달아난 상태였다. 계속 뒤척거리기만 하다 보니 편두통까지 오는 것 같았다. 다만 약을 먹을 정도는 아닌 것 같아, 그냥 두 손가락으로 관자놀이 부분을 꾹 눌렀다. 그런데 이상하게 피부의 촉감은 느껴지지 않고 VR 기기 같은 플라스틱 재질이 느껴졌다. 참 희한한 일이었다.

메타버스가 조준하는
현실의 허술함과 혼란스러움

영화 「인셉션」에는 꿈속에서 살아가는 사람들의 모습이 잠깐 그려진다. 은밀히 숨겨진 지하실의 미등 아래, 제 의지로 안정제를 주사한 뒤 잠으로 도망치는 사람들. 이들은 현실의 고통을 잊기 위해 자신의 무의식이 지은 세계에서만 기거한다. '깨어 있다'는 어구를 어떻게 규정하는지에 따라 이들은 꿈속에서 '깨어나' 더 명료한 자아를 구성하고 생기 있는 세계 경험을 영위한다고 말할 수 있을 것이다.

「인셉션」의 꿈처럼, 메타버스 역시 바깥 세상에서 온갖 좌절된 목표와 충족되지 못한 욕망의 처리장이 될, 그리하여 쉽고 편리한 도피처가 될 운명을 담지하고 있던 것은 아닐지. '믿고 싶은 것만을 현실로 여기려는 마음이 메타버스를 만난다면'이라는 물음에 「기록」은 쓸쓸하지만 고민해볼 만한 답을 내놓는다. 이 작품의 메타버스적 상상력은 그것이 야기할 현실의 문제를, 나아가 그것이 충족시키는 욕망의 윤리적 허술함과 혼란스러움을 정확하게 조준한다. 또한 옴니버스 형식과 담담한 반전의 서술방식은 작품이 담고자 하는 이야기를 더욱 효과적으로 부각시킨다.

내 소설 속 메타버스 세상은
나의 꿈과 닮았다

20여 년 전 아버지가 돌아가신 후, 한동안 비슷한 꿈을 꾸곤 했다. 특별한 내용은 없었다. 그저 아버지가 살아계신 어느 날의 평범한 꿈이었다. 다른 꿈들은 아무리 생생해도 잠에서 깨는 즉시 현실로 돌아왔는데, 아버지가 등장한 꿈을 꿀 때면, 깬 뒤에도 '진짜 살아계신 건가?' 하는 생각으로 혼란스러웠다. 하지만 곧 아니란 걸 깨닫고는 무너져 내렸다. 이번 단편소설 「기록」을 쓰면서, 이상하게 그때의 기억이 자꾸 떠올랐다. 내 소설 속 메타버스 세상은 내가 꿨던 그 꿈들과 닮은 점이 있었다.

현재 나의 인생 모토는 '지금 이 순간을 살아라'이다. 하지만 종종 과거의 슬펐던 일들과 아쉬웠던 선택들이 떠올라 기분이 가라앉기도 하고, 불확실한 미래에 대한 걱정으로 불안해하기도 한다. 그럴 때면 다른 사람들처럼 술, 친구, 게임, 음악 등을 도피처로 삼곤 했는데, 미래의 그 도피처는 메타버스가 될 것 같았다. 「기록」은 이런 생각에서 시작됐다.

원하든 원하지 않든 과학기술의 발전엔 가속도가 붙고 있다. 다만 인류에게 엄청난 도움과 혜택을 준 기술들도 모두 일정 부분 부작용이 따랐다. 메타버스도 마찬가지일 것이다. 앞으로 펼쳐질 메타버스 세상을 기대 반 두려움 반의 심정으로 지켜보게 된다.